MEL WALLIS DE VRIES
MÄDCHEN, MÄDCHEN, TOT BIST DU …

Weitere Titel der Autorin:

Da waren's nur noch zwei
Schnick, schnack, tot
Mädchen versenken

MEL WALLIS DE VRIES

MÄDCHEN, MÄDCHEN, TOT BIST DU ...

Übersetzung aus dem Niederländischen
von Christina Brunnenkamp

Der Titel ist auch als E-Book erschienen

Titel der niederländischen Originalausgabe:
»Schuld«

Für die Originalausgabe:
Copyright © 2015 by Mel Wallis de Vries

Für die deutschsprachige Ausgabe:
Copyright © 2018 by Bastei Lübbe AG, Köln
Umschlaggestaltung: Cornelia Niere, München
Satz: Dörlemann Satz, Lemförde
Gesetzt aus der Quadraat
Druck und Einband: GGP Media GmbH, Pößneck

Printed in Germany
ISBN 978-3-8466-0075-7

8 7 6

Sie finden uns im Internet unter: one-verlag.de
Bitte beachten Sie auch: luebbe.de

Für Nout

Life's like a movie, write your own ending.
Jim Henson

Sie ist tot. Ganz ohne Zweifel. Ihre großen blauen Augen starren mich erstaunt an, als könne sie es nicht glauben. Es tut mir wirklich leid, dass es so kommen musste, denke ich, und setze mich auf ihren Schreibtischstuhl.

Hierbei könnte ich es belassen. Aber ich tue es nicht. Ich falte den kleinen Zettel zweimal und stecke ihn in die Hosentasche.

Für Leila ist die Sonne nicht mehr aufgegangen.
Wir sind tieftraurig, doch es tröstet uns,
dass sie jetzt Ruhe gefunden hat.

Leila Louise Westerhof
16. Juni 1998 – 11. November 2014

Sabine und Christiaan Westerhof-van der Laan
Michael

Die Trauerfeier findet am Samstag,
den 15. November um 14.00 Uhr auf dem Friedhof
De Nieuwe Ooster in Amsterdam statt.
Anschließend begleiten wir Leila zu ihrer
letzten Ruhestätte. Nach der Bestattung gibt es
die Gelegenheit zur Beileidsbekundung.

Lieber keine schwarze Kleidung.

Kondolenzadresse:
Linnaeushof 98
1098 KT Amsterdam

Da sitzen sie nun. Leilas Hockeymannschaft, ein paar Klassenkameradinnen, Verwandte. Einige liegen sich in den Armen oder halten sich an den Händen. Wenn ich es richtig sehe, weinen alle. Es sieht aus wie eine Szene aus *Gute Zeiten, schlechte Zeiten*. Mir wird ganz schlecht von dem Anblick.

Mein Blick fällt auf Leilas Sarg vorn in der Trauerhalle. Ich stelle mir vor, wie sie darin liegt, mit ihren vollen rosa Lippen, den Sommersprossen und goldblonden Haaren. Sie ist so schön, sogar im Tod ...

Vor zwei Tagen stand die Traueranzeige in der Zeitung. Wie kann man die Wahrheit nur so verdrehen? Ich habe ein Feuerzeug unter die Zeitung gehalten und zugesehen, wie das Papier in Flammen aufging.

Der Bestattungsunternehmer kündigt den nächsten Redner an, einen Onkel. Ich gucke traurig. Meine Augen sind vom Schlafmangel verschwollen und meine Hände zittern. Es sieht alles sehr glaubwürdig aus. Doch was ich eigentlich empfinde, ist Wut. Leilas Tod war kein Selbstmord. Es war Mord. Warum versteht das denn niemand?

»Hört mir zu!«, will ich rufen. »Ich weiß, was wirklich passiert ist!« Aber ich tue es nicht. Ich mache mich so klein und unauffällig wie möglich und sorge dafür, dass mich niemand sieht.

- ~~LEILA~~
- KATE
- YARA
- TESS
- NOA
- DANIQUE

Kapitel 1

Kate

»Hallo-o, das weiß doch jeder, dass Leila sich letzten Dienstag an einem Balken in ihrem Zimmer erhängt hat. Und dass ihr Bruder sie nachmittags gefunden hat.«

Joel sitzt rittlings auf seinem Stuhl und sieht Sven spöttisch an. Es ist Montagmorgen Viertel nach acht und noch nie ist es in unserer Klasse so still gewesen.

»Aber niemand weiß, wie sie das gemacht hat«, antwortet Sven, den Joels Ton anscheinend völlig kalt lässt. »Es stand kein Stuhl oder Tisch unter dem Balken. Hast du darüber schon mal nachgedacht?«

Joel schweigt einige Sekunden und zuckt die Achseln. »Vielleicht ist sie zum Balken geflogen? Who cares.«

Ein paar Schüler grinsen, als ob das ein guter Witz sei. Leila, die fliegen konnte, bevor sie sich erhängte, zu komisch! Das x-te unsinnige Gerücht. Die Gerüchteküche brodelt. Manche sagen, ihr Genick sei gebrochen und sie sei sofort tot gewesen. Aber ich habe auch schon gehört, dass sie langsam erstickt sei und noch um Hilfe gerufen habe, weil sie es sich anders überlegt habe.

»Weißt du, wie sie sie losgemacht haben?«, fragt Sven. »Sie mussten das Seil durch…«

Ich will den Rest nicht hören und wende mich Britt zu: »Kennst du eigentlich jemanden, der Samstag bei Leilas Beerdigung gewesen ist?«, frage ich sie.

»Nö, eigentlich nicht«, sagt Britt. »Ich hab gehört, dass ein paar Mädels aus ihrer Hockeymannschaft da waren. Aber sonst kenne ich niemanden.«

»Sie hat doch bei den Mädchen A6 gespielt, oder?«

»Ja, aber ich…«

»Psst, sie kommt«, höre ich jemanden zischen.

Britt klappt den Mund zu. Wir schauen beide zur Tür. Im Türrahmen steht Frau Kramer. Sie lässt den Blick über die Klasse schweifen. An Leilas leerem Stuhl bleibt er hängen.

Ich kann hören, wie alle die Luft anhalten. Frau Kramer nickt Leilas leerem Stuhl zu und geht zum Pult, als wolle sie nicht mehr darüber sprechen.

Wie anders war es doch letzte Woche. Da wurde in jeder Stunde über Leilas Selbstmord gesprochen. Die Lehrer sagten, dass wir jederzeit darüber reden könnten. Dass wir Leila nie vergessen dürften. In der Aula wurde eine Gedenkecke eingerichtet. Mit Fotos von Leila und einem Buch, in das man etwas schreiben konnte. Als ich Donnerstag hineinguckte, war es noch fast leer. Ich versuchte, mir etwas Persönliches einfallen zu lassen, aber ich konnte mich nicht erinnern, dass wir je zusammen etwas unternommen hätten. Ich konnte mich nicht einmal erinnern, wann ich sie zuletzt gesehen hatte. Ruhe sanft, habe ich letzten Endes in das Buch geschrieben.

Heute Morgen war die Ecke der Aula wieder aufgeräumt.

»Ist die verrückt geworden?« Britt stößt mich an.

»Äh, wieso?«

»Guck doch, was sie macht!«

Ich sehe, wie Frau Kramer einen Stapel leere Blätter austeilt. Shit, ein Test. So kann man auch dafür sorgen, dass alle den Mund halten.

»Oh nein«, murmle ich zurück. »Hast du die Hausaufgaben gemacht?«

»Was glaubst du wohl?«

»Ruhe!«, schnauzt Frau Kramer. »Wer redet, bekommt automatisch eine Sechs.«

»Wie ich diese Frau hasse!«, zischt Britt leise.

»Und das gilt auch für die jungen Damen da drüben«, sagt Frau Kramer zu uns. »Letzte Verwarnung.«

Sie lässt ein leeres Blatt auf meinen Tisch fallen. Ich starre es an, bis mir das Weiß in den Augen wehtut.

Kapitel 2

»Was für ein Scheißtag.« Britt stellt sich unter das Vordach am Seiteneingang und schüttelt ihre roten Locken nach hinten. »Zwei Tests, das soll wohl ein Witz sein! Ich werde mich beim Direktor wegen Misshandlung beschweren.«

»Unbedingt«, sage ich grinsend und rühre zwei Tütchen Zucker in meinen Tee. »Frag ihn dann auch gleich, ob wir die zwei letzten Stunden freikriegen können.«

»Haha, sehr witzig«, sagt Britt schlecht gelaunt.

»Hallo ihr!« Milou kommt zu uns, tief in den Kragen ihrer Jacke eingemummelt.

»Selber hallo«, sagt Britt. »Du bist aber spät dran. Wo kommst du denn her?«

Milou seufzt. »Aus dem Chemieraum. Wir mussten titrieren üben.«

»Titrieren?«, echot Britt. »Das klingt wie eine tödliche Krankheit.«

»Sei nicht albern. Beim Titrieren tropfst du langsam eine Flüssigkeit in eine andere. Oder ist das zu schwierig für dich?«

»Ja.« Britt grinst und stößt mich an. »Ich dachte eigentlich, dass wir bedauernswert wären, aber anscheinend geht's immer noch schlimmer.«

»Was ist denn passiert?«, fragt Milou.

»Wir hatten erst einen Test bei Kramer«, schnaubt Britt. »Und danach einen in Geschichte bei Lubbers.«

»Und wie lief's?«

»Schlecht. I'm *fucking dead*. Die Kramer ist echt eine Hexe. Weißt du, was sie wissen wollte?« Britt erzählt, wie die Tests waren. Sie lässt sie viel lustiger klingen, sodass Milou und ich uns kaum halten können vor Lachen.

»So«, beendet sie den Bericht trocken, »das war ein weiterer Tag im Leben der Britt Hooft Graafland, die jetzt in zwei Fächern auf einer Fünf steht. Hat sonst noch jemand was Tolles zu melden?«

»Ich hoffe, dass das nicht ansteckend ist. Am Ende muss ich gleich auch noch einen Test in Bio schreiben«, sagt Milou lachend.

Bis vor Kurzem war Milou in unserer Klasse, aber dann hat sie gewechselt. Zum Glück spielen wir immer noch in derselben Hockeymannschaft.

»Seid ihr Samstag übrigens bei der Beerdigung von dem Mädchen gewesen?«, fragt sie auf einmal. »Wie hieß sie noch mal ... Leila? Ihr hattet doch ein paar Kurse mit ihr zusammen?«

»Yep, sie hieß Leila. Aber ich bin nicht auf ihrer Beerdigung gewesen«, sagt Britt, »und Kate auch nicht.« Es klingt kalt und desinteressiert.

»Wir hatten so gut wie nichts mit Leila zu tun«, füge ich schnell hinzu.

»Ich wäre an eurer Stelle auch nicht gegangen. Die sah immer so seltsam aus.« Milou zuckt mit den Schultern, als wäre damit alles gesagt. »Mal ganz was anderes ...« Sie senkt die Stimme. »Habt ihr Lust, am Freitag zu Maddys *Secret Birthday Party* mitzugehen? Sie wird siebzehn und ihre Eltern sind im Urlaub.«

»Die Maddy aus deiner Klasse mit den braunen Haaren und der Vespa?«, fragt Britt.

»Genau die.« Milou nickt.

Ein Lächeln breitet sich auf Britts Gesicht aus. »Ich bin dabei. Ich liebe Geburtstagspartys. Kommst du auch mit, Kate?«

»Okay«, sage ich achselzuckend. »Ich hab ja doch nichts Besseres zu tun.«

»Super, dann sage ich Maddy, dass ich zwei Freundinnen mitbringe«, sagt Milou. »Wann wollen wir uns treffen? Halb neun bei mir?«

»Okidoki«, sagt Britt. »Wer kommt sonst noch?«

Ich lausche der langen Liste, die Milou runterrattert. Aus dem Augenwinkel sehe ich einen aus der Siebten die Treppe Richtung Fahrradstellplatz runtergehen. Sein Ranzen ist so groß, dass es von hinten aussieht, als habe der Ranzen Füße. Der Ärmste, schießt mir durch den Kopf. Meistens nehmen die Kleinen den Haupteingang. Ein ungeschriebenes Gesetz besagt, dass der Seiteneingang nur für die aus der Oberstufe ist. Ob er das wohl noch nicht weiß?

Der Kleine geht an einer Gruppe Jungs aus der Oberstufe vorbei. In der Mitte der Gruppe steht Max de Bruin, das größte Arschloch der Spinoza-Schule.

Max grinst, als er den Kleinen sieht. »Hey, Ranzen!«, ruft er. »Wo willst du denn mit dem Jungen hin?«

Der Junge schaut erschrocken auf und läuft dann mit gesenktem Kopf weiter.

Doch Max hat anscheinend nicht vor, ihn einfach so gehen zu lassen. »Halt, halt, nicht so schnell!«, ruft er. »Wie heißt du denn?«

»Ich?« Der Junge bleibt stehen und sieht Max verängstigt an.

»Ja, du. Mit wem spreche ich wohl sonst gerade?« Seine Stimme bekommt einen fiesen Unterton.

»Ich heiße T...tom«, stammelt der Junge.

»Dumm?«, brüllt Max so laut, dass jeder es hören kann. »Hast du wirklich DUMM gesagt?«

Milou und Britt haben den Kleinen jetzt auch bemerkt.

»Oh nein, Max hat wieder ein Opfer gefunden«, stöhnt Milou. »Sie sollten dieses Arschloch für den Rest seines Lebens einsperren.«

»Ich hab T...tom gesagt«, stottert der Junge mit feuerrotem Kopf.

»Echt?« Max tritt ein paar Schritte auf ihn zu. »Willst du damit sagen, dass ich dich nicht richtig verstanden habe? Vielleicht hast du ja genuschelt.«

»Nein ... Ich ... Es ...« Der Junge dreht sich um. »Tut mir leid.«

»Du gehst doch wohl nicht weg?«, fragt Max überfreundlich. »Wir unterhalten uns doch gerade so nett.«

Lauf weg, denke ich. Bitte, lauf weg. Aber der Junge bleibt wie angewurzelt stehen.

Max schlendert ihm noch ein paar Schritte entgegen, bis er neben ihm steht. »Schicker Ranzen, Dumm«, sagt er.

Die Gruppe hinter Max grinst hämisch.

»Ist der nicht zu schwer für dich?«

Der Junge schüttelt den Kopf. Ich sehe, dass ihm Tränen in den Augen stehen.

»Willst du dich nicht kurz von deinem schweren Ranzen erholen?«

Bevor der Junge antworten kann, versetzt ihm Max einen harten Stoß gegen die Schulter. Der Junge strauchelt und fällt rücklings zu Boden.

Ich halte die Luft an. Das läuft hier aus dem Ruder.

»Liegst du gut?« Max läuft einmal um Tom herum. »Hat dir

niemand erzählt, dass dieser Ausgang für Jungs wie dich verboten ist?« Er tritt Tom gegen das Bein.

»Hör auf«, stammelt der Junge.

»Na so was, tut das etwa weh? Bist du vielleicht ein Mädchen?« Max tritt ihm mit voller Wucht zwischen die Beine.

Tom rollt sich stöhnend zusammen.

»Ups, du bist ja doch ein Junge«, sagt Max. »Aber du benimmst dich wie ein Mädchen.«

Es wird noch lauter gelacht.

»Soll ich dein dämliches Pickelgesicht auch noch kurz bearbeiten?« Max holt mit dem Fuß aus.

Alle sehen gebannt zu, als wäre es eine lustige Show.

»Eins, zwei«, zählt Max, »dr...«

»Stopp!«, rufe ich.

Max' Fuß bleibt in der Luft hängen. Ganz langsam wendet er sich mir zu. »Ja? Was hast du denn für ein Problem?«, schnauzt er.

Britt zieht an meinem Arm. »Misch dich da nicht ein, Kate«, flüstert sie.

Ich ignoriere sie und reiße mich los. »Lass den Jungen in Ruhe!«, rufe ich.

Max zieht die Mundwinkel hoch. »Was hast du gesagt?« Um mich zu provozieren, holt er zu einem erneuten Tritt aus. »Ich kann dich nicht hören.«

Da reißt mir der Geduldsfaden. Ohne nachzudenken stürme ich die Treppe hinunter. »Ich habe gesagt, du sollst den Jungen in Ruhe lassen!«, brülle ich.

»Und warum sollte ich das tun?« Sein Mund verzieht sich zu einem breiten Grinsen. Er lacht mich einfach aus!

»Wer ist denn die Zicke?«, höre ich einen von Max' Freunden hinter mir fragen.

Ich hole tief Luft. »Hör auf, oder ... ich gehe zum Direktor!«

Max kneift die Augen zusammen. »Komm mir nicht so!«, sagt er tonlos.

Mir läuft ein Schauer über den Rücken. »Das hängt ganz von dir ab«, sage ich so ruhig wie möglich. »Es wäre doch zu schade, wenn du in deinem letzten Jahr von der Schule fliegen würdest!«

Um uns herum ist es mucksmäuschenstill geworden. Ich sehe, wie seine Kiefermuskeln zucken und er die Hände zu Fäusten ballt. Einen Moment lang befürchte ich, dass er gleich zuschlägt.

Aber dann zischt er: »Verpiss dich, du dumme Schlampe!« Mit großen Schritten geht er zu seinen Freunden hinüber.

Die starren mich an wie ein Insekt, das sie am liebsten zertreten würden.

Schnell sehe ich weg und wende mich Tom zu. Sein Gesicht ist tränenüberströmt. »Geht's?«, frage ich und strecke ihm die Hand entgegen.

»Ja«, sagt Tom.

Vorsichtig helfe ich ihm auf. »Lauf lieber schnell nach Hause«, sage ich, »bevor die da …« Ich nicke in Richtung der Gruppe hinter mir.

Tom versteht mich und murmelt: »Danke schön.« So schnell er kann, rennt er weg.

Ich bleibe stehen, bis er hinterm Fahrradstellplatz verschwunden ist. Mit einem seltsam leichten Gefühl im Kopf drehe ich mich um.

Alle Blicke sind auf mich gerichtet.

Ich hole tief Luft und setze zum Gehen an. Komischerweise scheine ich nicht mehr zu wissen, wie ich einen Fuß vor den anderen setzen muss. Die Distanz bis zu Britt und Milou kommt mir endlos vor.

Mühsam gehe ich die Stufen hoch. Als ich oben angekommen bin, fährt mich Britt an: »Bist du lebensmüde? Das war verdammt noch mal glatter Selbstmord!« Sie schüttelt den Kopf, als befürchte sie, dass ich bald wirklich nicht mehr da sein werde. »Der Typ ist doch völlig gestört!«

Milou sagt nichts, sondern starrt mich einfach nur an.

Meine Wangen fangen an zu glühen. »Was hätte ich denn tun sollen?«, frage ich heiser. »Etwa nichts?«

»Genau!«, schnauzt Britt.

Aus dem Augenwinkel sehe ich Max' Freunde auf mich zeigen.

»Der vergisst das auch wieder«, sagt Milou.

»Da wäre ich mir nicht so sicher«, höhnt Britt. »Du hast ihn ganz schön bloßgestellt. Warum machst du auch immer so idiotische Sachen?«

Ich fühle Tränen in meinen Augen brennen.

»Was war das letztens noch mal? Ach ja, da hast du dich über den Jungen aufgeregt, der sich an der Kasse vorgedrängelt hat. Der Typ hat dir fast eine reingehauen. Auch so eine schlaue Aktion. Not.«

»Hör auf«, sage ich mit belegter Stimme. »Bitte.«

Es klingelt.

»Hast du ein Glück«, sagt Britt. »Die Pause ist um. Wir reden nachher weiter.«

»Britt!«, sagt Milou warnend.

»Dann halt nicht. Aber es bleibt dumm!«

Ich gehe hinter Britt und Milou her zur Tür. Dort drehe ich mich noch mal um. Der Schulhof ist leer. Und doch habe ich das Gefühl, dass mich jemand beobachtet.

Mit einem Schaudern schlüpfe ich hinein.

Kapitel 3

»Hallo?«, rufe ich, als ich die Haustür geöffnet habe und in den dämmrigen Flur trete. Es ist komisch, meine Stimme im stillen Haus zu hören. Meine Mutter ist eigentlich immer zu Hause, aber heute Nachmittag musste sie zur Kontrolle ins Krankenhaus. Mein Vater ist im Büro.

Ich nehme die Stille in mich auf. Vielleicht kann ich auf Netflix einen Film gucken. Oder ...

Irgendwo ein Stockwerk höher höre ich plötzlich eine Diele knarzen. Ist meine Mutter etwa doch zu Hause?

»Hallo? Mama?«, rufe ich.

Es bleibt still. Sehr still.

Die Stille zerrt an meinen Nerven. Es fühlt sich an, als ob sich jemand in ihr versteckt.

Stell dich nicht so an, sage ich zu mir. Du bist sechzehn, nicht sechs! Gleich glaubst du auch wieder an Monster unterm Bett. Natürlich ist da niemand.

Ich mache einen großen Schritt über den Stapel Werbeprospekte und Briefe auf der Fußmatte. Auf einen Blick sehe ich, dass nichts für mich dabei ist.

Ich gehe in die Küche und werfe die Tür extralaut zu, um die Stille zu verscheuchen. Die Gläser klirren im Schrank.

Die Gläser können doch auch nichts dafür, höre ich meine Mutter sagen.

'tschuldigung, flüstere ich in Gedanken zurück.

Das Licht über dem Herd brennt und es riecht nach frischer Gemüsesuppe. Ich hebe den Deckel vom Topf. Mein Lieblingsessen. Wahrscheinlich hat meine Mutter die Suppe heute Morgen schon gekocht.

Auf dem Küchentisch liegt eine Nachricht.

Mein Schatz,
ich bin um 18.30 Uhr wieder zurück. Ich habe rosa Kekse für dich gekauft.
Sie liegen auf der Arbeitsplatte.
Kuss, Mama

Die Handschrift meiner Mutter ist rund und ordentlich, als ob nichts los sei. »Es ist einfach nur eine Routinekontrolle. Kein Grund zur Sorge«, hatte sie heute Morgen gesagt, als ich sie fragte, warum sie ins Krankenhaus müsse.

Ich würde es nur zu gerne glauben.

Ich nehme mir die Packung rosa Kekse und gehe in den Flur. Immer zwei Stufen auf einmal nehmend laufe ich die Treppe hoch.

Und da sehe ich es.

Meine Zimmertür ist angelehnt, dabei bin ich mir sicher, dass ich sie heute Morgen zugemacht habe. Das unbehagliche Gefühl kehrt zurück. Wie ist das möglich?

Du hast bestimmt vergessen, die Tür zuzumachen, versuche ich mich zu beruhigen. Oder vielleicht ist Mama heute in meinem Zimmer gewesen? Aber das würde sie nie tun, ohne mich zu fragen ...

Plötzlich höre ich etwas. Einen Piepton. Als würde jemand eine SMS bekommen. Aber das Geräusch ist so leise, dass ich es mir auch eingebildet haben kann.

24

»Ist da jemand?«, rufe ich viel mutiger als ich mich fühle.

Keine Antwort.

Natürlich nicht.

Mit einem tiefen Seufzer gehe ich zu meinem Zimmer. Ich höre meine eigenen Schritte auf den Dielen und das Summen des Heizkessels.

»Ich hab keine Angst«, sage ich zur Stille und zu mir. Vorsichtig öffne ich meine Zimmertür noch ein wenig weiter.

Alles sieht genauso aus wie heute Morgen, als ich wegging. Überall liegen Klamotten, Papiere, Bücher, Schminkzeug, schmutzige Socken. Die Unordnung beruhigt mich. Man muss schon echt gestört sein, um hier einzubrechen.

Ich lache und gehe hinein. Vielleicht sollte ich doch mal aufräumen ...

Es passiert so schnell, dass ich nicht einmal schreien kann. Ein schwarzer Schatten springt hinter der Tür hervor. Eine Hand auf meinem Mund und eine um meinen Hals.

Reflexhaft reiße ich den Mund auf, aber ich kann nicht atmen. Ich ersticke, ich ...

»Buh!« Der Schatten lässt mich los und stellt sich vor mich.

Mir ist schwindelig und ich sehe Sterne.

»Kate? Hallo?«, sagt eine Stimme, die ich auf Anhieb erkenne.

Ich atme ein paarmal tief durch. Ganz allmählich kann ich wieder scharf sehen.

Grinsend sieht Luuk mich an. »Dieser Blick, zu komisch! Du wusstest doch wohl, dass ich es bin?«

»Nee«, sage ich heiser. »Tu das bitte nie wieder! Ich habe mich zu Tode erschrocken, du Arsch.«

»'tschuldigung.« Luuk grinst und nimmt mich in den Arm.

Er ist warm und riecht nach Zigaretten und Herbstlaub. Aus irgendeinem Grund ist das eine unwiderstehliche Kombination.

»Ich hätte einen Herzinfarkt kriegen können«, maule ich. »Dann hättest du mich auf dem Gewissen, Luuk Staals.«

»Na klar, ein Herzinfarkt mit sechzehn.« Er fängt an, meinen Hals zu küssen.

»Lass das«, sage ich wenig überzeugend.

Luuk presst seinen Mund auf meinen. »Du sollst nicht lügen«, flüstert er. Sein Atem wärmt meinen Mund.

»Wie bist du überhaupt reingekommen?«, murmle ich.

»Mit dem Schlüssel, der unter dem Briefkasten versteckt ist. Es hat niemand aufgemacht, als ich geklingelt habe.« Er bedeckt mein Gesicht mit kleinen Küssen. Ich bekomme überall Gänsehaut davon.

»Woher weißt du, dass der Schlüssel da liegt?«, keuche ich.

»Das hast du mir mal erzählt, du Schlaumeier.«

»Ach ja.« Ich kann nicht mehr klar denken.

Luuks Hand gleitet unter meinen Pulli und meinen Rücken hinauf. »Musst du mir nicht was erzählen?«

»Äh, was denn?«

»Was du heute gemacht hast?«

Obwohl es warm ist in meinem Zimmer, läuft mir ein Schauer über den Rücken. Luuk wird doch wohl nichts von der Sache mit Max gehört haben?

Nein, natürlich nicht. »Wir haben zwei Tests geschrieben«, sage ich so cool wie möglich, »die bei mir sehr schlecht gelaufen sind.«

»Und außerdem?«

»Nix.«

Luuk lässt mich los. »Warum lügst du mich an, Kate?«, fragt er in scharfem Tonfall.

Ich zucke mit den Schultern und tue so, als verstünde ich ihn nicht.

»Okay, dann lass mich kurz dein Gedächtnis auffrischen.«
Luuk zieht sein Handy aus der Hosentasche. Mit wenigen Bewegungen öffnet er Facebook. »Gratuliere, Sie haben heute einen neuen Rekord erzielt«, sagt er spöttisch. »387-mal gelikt, 17-mal geteilt und 122 Kommentare innerhalb von ein paar Stunden. Und dieses Foto steht auf Instagram.«

»Zeig mal!« Ich schnappe mir sein Telefon.

Das Foto ist furchtbar. Wie eine Oberlehrerin zeige ich auf Max, der ein bisschen dümmlich zurückgrinst. Ich weiß noch genau, wie er in echt guckte: fies. Herablassend. Auf diesem Foto sieht er einfach nur nerdig aus.

Loser des Tages!, lautet die Bildunterschrift.

Blitzschnell scrolle ich durch die Kommentare. Mein Name fällt sicher dreißigmal.

Kate rules!
Supergirl Kate beats Max
Ist der Typ schwul?

Mit knallroten Wangen gebe ich Luuk das Telefon zurück.

»Es sieht schlimmer aus als es war«, sage ich mit zittriger Stimme.

»Erzähl mir mehr«, sagt Luuk.

»Also, das war so …«, stammle ich.

»Ja?« An seinen Augen zeigen sich Lachfältchen, als ob er es sehr lustig fände.

»Dieser Max hat einen aus der Siebten getreten und ich hab ihm gesagt, dass er das lassen soll.«

»Und dann?«

»Dann hat er aufgehört«, sage ich achselzuckend.

Luuk lacht noch einmal laut auf. »Du bist echt verrückt. Süß, aber verrückt.«

Ich zucke noch einmal mit den Schultern. »Niemand hat was getan.«

»Du hättest vielleicht auch besser nix getan«, sagt Luuk grinsend. »Ich kenne Max vom Hockey. Der geht ziemlich schnell in die Luft.«

Ich starre auf den Boden.

»Du hast sicher Verständnis dafür, dass ich Superwoman für ihr impulsives Verhalten bestrafen muss.« Bevor ich mich wehren kann, hat Luuk mich gepackt und hochgehoben.

»Lass mich los!«, kreische ich.

Luuk trägt mich zu meinem Bett, als würde ich nichts wiegen, und lässt mich fallen. Die Matratze federt nach wie ein Trampolin.

»Zur Strafe musst du was ausziehen«, kommandiert er.

Kichernd ziehe ich Schuhe und Socken aus. »Gut so?«

»Was glaubst du wohl?«

»Du nutzt die Situation aus«, tue ich empört und ziehe so verführerisch wie möglich meinen Pulli und meine Jeans aus.

Luuk lacht auch, aber von oben herab, als hätte er das Sagen. »Das geht sicher auch schneller?«

Ich werfe ihm meine Hose an den Kopf. »Und jetzt du, sonst ist das nicht fair.«

Innerhalb weniger Sekunden hat er Sweatshirt, Jeans, Boxershorts und Turnschuhe ausgezogen. Er ist so unvorstellbar schön mit seinem verwuschelten braunen Haar, den muskulösen Armen vom Sport und der kleinen Mulde an seinem Brustbein.

»Unartige Kate«, sagt er und legt sich neben mich. Mit einer geschickten Bewegung öffnet er meinen BH. Meine Brüste verschwinden in seinen Händen. Ein Gefühl, als würde er mein Herz berühren. Ich ziehe die Luft scharf ein.

»Fühlt sich das gut an?«, fragt Luuk und zeichnet mit seinem Finger aufreizend Kreise.

Ich nicke, nicht in der Lage, etwas zu sagen.

Es ist erstaunlich, wie gut er meinen Körper kennt, obwohl wir uns erst vor sieben Wochen kennengelernt haben.

Ich bin ihm buchstäblich in die Arme gelaufen. Am 25. September stand ich nach der letzten Stunde an der Straßenbahnhaltestelle, weil mein Rad einen Platten hatte. Wahrscheinlich war ich morgens durch Glas gefahren, ohne es zu merken. Oder irgendein Arschloch in der Schule hatte sich einen wahnsinnig lustigen Scherz erlaubt.

Eine fast leere Straßenbahn hielt vor meiner Nase. Gedankenverloren wollte ich einsteigen, doch plötzlich: Rums, aua!

Es fühlte sich an, als sei ich gegen die Straßenbahntür gelaufen. Ich sah Sterne.

»Entschuldige«, murmelte ein Junge. »Ich hab dich beim Aussteigen übersehen.«

Ein paar Sekunden starrte ich ihn völlig verwirrt an.

»Geht's?«, fragte er.

Seine Stimme brachte mich wieder zur Besinnung. Ich betastete meine Stirn. Wahrscheinlich würde ich eine riesige Beule kriegen. »Ganz großartig«, schnaubte ich. »Sieht man das nicht?«

»Es tut mir wirklich leid.« Er legte seine Hand auf meinen Arm. »Soll ich einen Arzt rufen?«

Ich sah ihn an. Dunkle Haare, braune Augen, ein Lächeln auf den Lippen. Er schien überhaupt nicht überrascht zu sein, hier mit mir zu stehen. Irgendwie konnte ich ihm nicht länger böse sein.

»Nee, lass ruhig«, sagte ich seufzend. »Wahrscheinlich sehe ich morgen wie ein Alien aus, aber das überlebe ich wohl.«

»Ein Alien?« Es klang so, als müsse er sich Mühe geben, nicht loszuprusten. »Interessanter Vergleich.«

Ich zuckte die Achseln.

»Und wie heißt das Alien?« Er streckte die Hand aus.

Ich sah die Hand an und begriff, dass ich sie schütteln sollte. Zögernd legte ich meine Hand in die seine. »Kate.«

»Kate.« Er wiederholte meinen Namen, als wolle er ihn sich gut einprägen. »Ich bin Luuk. Wollen wir ne Cola trinken gehen?«

»Was?«

»Cola, du weißt schon, das braune bitzelnde Zeug, auch erhältlich in einer Light-Variante, wenn du die lieber trinkst.« Luuk lachte, wodurch Grübchen auf seinen Wangen erschienen. »Ich möchte es gerne wiedergutmachen und ...«

Die Straßenbahntüren klappten geräuschvoll zu.

»Halt!«, rief ich. »Ich will noch einsteigen!«

Aber der Straßenbahnfahrer fuhr einfach an.

»Ups, sorry«, sagte Luuk. »Wieder meine Schuld. Das macht dann eine doppelte Cola.« Er sah mich fragend an. »Kommst du mit? Hier um die Ecke gibt es ein nettes Café.«

Die Frage blieb lautlos zwischen uns in der Luft hängen.

Ich hätte antworten können: »Ach komm, lass ruhig. Ich kenn dich ja gar nicht, tschüss.« Oder: »Deinetwegen hab ich die Straßenbahn verpasst, du Arsch.« Oder: »Ich muss noch Hausaufgaben machen.« All das hätte ich sagen können, doch ich sagte: »Hm, okay, eine Cola dann.«

Eine Stunde später saßen wir immer noch im Café und quatschten.

Und zwei Stunden später küsste mich Luuk zum ersten Mal.

Ich war bis über beide Ohren verliebt.

Luuk wickelt eine Strähne meiner Haare um seine Finger. »Ich liebe deine blonden Haare«, nuschelt er. »Und deine Brüste und deinen Bauchnabel.« Seine Finger wandern immer weiter nach unten. Auf meinem Bauch hält er inne und sieht mir in die Augen. »Wann kommen deine Eltern eigentlich zurück? Ich möchte nicht, dass sie uns nachher ...«

»Nicht vor sechs«, sage ich schnell. »Mein Vater ist im Büro und meine Mutter musste zu einer Kontrolle ins Krankenhaus.«

»Perfekt. Dann haben wir ja alle Zeit der Welt«, sagt er grinsend. Ich lächle auch.

»Wie geht es denn eigentlich deiner Mutter?«

Mein Lächeln stockt. Mein Atem auch. »Ach, prima«, sage ich heiser. »Sie hat letzte Woche ihre letzte Chemo bekommen.« Ich schlage den Blick nieder, damit Luuk nicht sehen kann, dass mir die Tränen kommen.

»Gut zu hören.« Er wickelt seine Arme und Beine um mich und rollt sich auf mich.

Ein Seufzer entringt sich meiner Kehle.

»Lass einfach los, Kate.« Er packt meine Hüfte. Ich spüre ihn überall. Es ist merkwürdig nicht zu wissen, welcher Körperteil zu wem gehört. Ich hebe meine Hüfte noch mehr an.

»Sehr gut«, flüstert er. Mit einer Bewegung ist er in mir.

Meine Mutter ist vergessen.

Die Sache mit Max ist vergessen.

Es gibt nur noch Luuk und mich.

Was kann ich für dich tun?« Die Frau hinter dem Tresen sieht mich gelangweilt an.

»Ich hätte gerne zehn Briefmarken«, sage ich mit einem neutralen Lächeln, das ich zu Hause vor dem Spiegel mehrfach geübt habe.

»Mit Willem-Alexander drauf oder typisch holländisch?«

»Wie bitte?«

Sie seufzt. »Willst du ein Porträt des Königs auf deinen Briefmarken oder lieber Mühlen und Tulpen?«

Ich erstarre. Auf diese Frage habe ich mich zu Hause nicht vorbereitet. Warum verdammt noch mal gibt mir diese Frau nicht einfach die Briefmarken?

»Kommt da noch was?«, höre ich die Frau fragen.

Ich balle die Hände zu Fäusten. »Die typisch holländischen, bitte«, sage ich so ruhig wie möglich.

»Das macht dann 6,40 Euro«, sagt sie und legt die Briefmarken auf den Tresen. Ihr gelangweilter Gesichtsausdruck ist wieder da.

Ich ziehe einen Zehn-Euro-Schein aus der Jackentasche. Gott sei Dank ist es Mitte November und kalt, wodurch meine Handschuhe nicht auffallen. Ich darf auf keinen Fall Spuren hinterlassen.

Ich sehe, wie die Frau das Wechselgeld nimmt und mir in die Hand legt.

»Danke«, nuschle ich und lasse die Münzen in meine Tasche gleiten. Mit einem freundlichen Nicken drehe ich mich um und gehe langsam Richtung Schiebetür.

»Warte!«, ruft die Frau plötzlich mit schriller Stimme.

Mein Herz fängt an, unregelmäßig zu klopfen. Nicht umgucken, sie meint nicht dich.

»Hallo, du da mit den Briefmarken, bleib mal stehen!«

Oh Gott, bloß nicht! Ich fühle Galle in meiner Kehle aufsteigen und muss mich fast übergeben. Könnte ich nur so tun, als ob ich sie nicht hörte. Aber das wäre noch auffälliger. Schwindelig drehe ich mich um.

Die Frau hinterm Tresen sieht mich mit zusammengekniffenen Augen an, als vertraue sie mir nicht. »Du hast deine Briefmarken vergessen.« Sie wedelt damit.

Mein Gott, wie blöd.

»Kommst du sie noch holen?«

Ich nicke. In wenigen Schritten bin ich am Tresen. »Danke«, sage ich und nehme die Briefmarken entgegen. Es kommt kaum ein Ton aus meinem Mund.

Die Frau zuckt die Achseln und wendet sich dem nächsten Kunden zu. »Was kann ich für Sie tun?«

So unauffällig wie möglich gehe ich zum Ausgang. Die kalte Novemberluft schlägt mir ins Gesicht. Ich atme ein paarmal tief durch.

Angst.

Das war es, was ich gerade eben empfunden hatte. Angst, dass alles durch einen blöden Fehler auf einen Schlag vorbei sein könnte.

Mit den Händen in den Taschen gehe ich um die Ecke. Ich denke an Leila. Wie sie an dem Balken hing mit dem Seil um ihren Hals, während sich die Haare sanft in dem Luftzug in ihrem Zimmer bewegten. Das Bild hat sich in mein Gedächtnis eingegraben. Dafür tue ich das hier.

Wie wird Kate wohl aussehen?

Ich lasse den Gedanken ganz kurz zu wie eine Art Droge und schiebe ihn dann von mir weg. Ich darf mich nicht ablenken lassen. Ich muss mich an meinen Plan halten.

Am Briefkasten an der Ecke bleibe ich stehen. NÄCHSTE LEE-
RUNG: MONTAG NACH 18.00 UHR steht auf dem kleinen Schild. Ich
sehe auf die Uhr. 17.21 Uhr. Ich habe noch jede Menge Zeit.

Aus der Innentasche meiner Jacke hole ich den weißen Umschlag. Ich gucke nach links. Nach rechts. Niemand. Schnell klebe
ich eine Briefmarke über die Adresse. Meine Hand zittert, als ich
den Umschlag zwischen den Plastikzähnen hindurchgleiten lasse.
There you go, denke ich.

Ich stelle mir vor, wie der Umschlag jetzt zwischen den anderen
Karten und Briefen liegt. Wie der Postbote ihn nachher in einen
Sack steckt und zum Sortierzentrum fährt. Anonyme Hände werden ihn berühren, ohne zu wissen, was sie da festhalten. Irgendwie beneide ich den Postboten, der ihn morgen zustellen wird.

Ich gucke noch ein letztes Mal den Briefkasten an, ehe ich da-
vonschlendere. Meine Aufgabe ist erfüllt. Vorläufig.

Kapitel 4

»Kate, Schatz, es tut mir leid, ich bin heute Nachmittag wieder nicht da, wenn du aus der Schule kommst«, sagt meine Mutter und stellt ihren Frühstücksteller auf die Arbeitsfläche.

Ich kaue an meinem letzten Bissen und spüle ihn mit Milch hinunter. »Wieso? Was hast du denn vor?«

»Ach, nichts Besonderes.« Sie zögert kurz. »Ich muss ins Krankenhaus für eine Untersuchung.«

Mir bleibt für einen Moment die Luft weg. »Aber ... aber du bist doch gestern erst zur Kontrolle gewesen? Das verstehe ich nicht.«

»Der Arzt wollte noch ein paar zusätzliche Röntgenbilder machen«, antwortet sie lächelnd. »Nur zur Sicherheit.«

»Röntgenbilder?«, echoe ich. »Warum habt ihr mir das dann nicht gestern Abend erzählt?«

»Es ist eine Routineuntersuchung, Kate.« Mein Vater sieht mich über seine Zeitung hinweg an. »Kein Grund zur Beunruhigung.«

»Und das soll ich glauben? Letztes Mal, als Mama Röntgenbilder machen lassen musste, war sie so gut wie tot.«

»Übertreiben ist eine Kunst für sich«, seufzt er. »Aber ich kann verstehen, dass du dir wegen Mamas Krankheit Sorgen machst. Das tue ich auch.«

»Ach, wirklich?«, schnaube ich. »Das ist mir neu.«

»Kate!« Mein Vater wirft mir einen warnenden Blick zu. »Das ist jetzt nicht der Moment für einen deiner Ausbrüche. Ich habe gleich eine wichtige Besprechung.«

Mir wird ganz kalt, als er das sagt. »Du hast nie Zeit für uns. In den letzten Wochen bist du ...«

»Kate, bitte.« Meine Mutter sieht mich flehend an.

Wütend behalte ich den Rest des Satzes für mich.

»Es ist für uns alle eine schwierige Zeit gewesen«, sagt sie beschönigend.

Mein Vater nickt und versteckt sich wieder hinter seiner Zeitung. Ich hasse ihn. Hätte er doch Brustkrebs!

»Du musst los, mein Schatz, sonst kommst du zu spät«, sagt meine Mutter.

»Ja«, sage ich seufzend und stehe auf. An der Küchentür drehe ich mich um. »Mama?«

»Ja?«

»Würdest du mir sagen, wenn mit dir was nicht in Ordnung ist?«

Wir sehen einander sekundenlang an. Meine Mutter wendet sich als Erste ab und an der Bewegung erkenne ich die Wahrheit.

»Mein Schatz, sei doch nicht albern«, sagt sie mit einer viel höheren Stimme als sonst. »Ich erzähle dir schließlich immer alles.«

»Ja«, antworte ich mit rauer Stimme.

Wir lügen einander an.

»Viel Spaß in der Schule!«

Ich nicke und versuche, ihr in die Augen zu sehen, doch sie tut, als fege sie Krümel vom Frühstückstisch.

Mein Vater nuschelt so was wie einen Abschiedsgruß.

»Tschüss«, sage ich leise und ziehe die Küchentür hinter mir zu.

Bitte lass mit Mama alles in Ordnung sein ...

Keuchend schließe ich mein Fahrrad am Fahrradständer an. Meine Wangen glühen und mein Rücken ist schweißnass, weil ich so schnell geradelt bin. Aus dem Augenwinkel sehe ich ein paar jüngere Schüler. Sie stecken die Köpfe zusammen und rauchen heimlich eine Zigarette. Plötzlich höre ich meinen Namen. Oder bilde ich mir das ein? Ich gucke in ihre Richtung.

Schnell wenden sie den Blick ab. An der Art, wie sie weggucken, merke ich, dass sie tatsächlich über mich gesprochen haben. Warum nur?

Mit einem unguten Gefühl gehe ich zum Haupteingang. Vergiss die Typen, Kate, befehle ich mir. Es gibt wichtigere Dinge, über die du dir den Kopf zerbrechen solltest, zum Beispiel die Erdkundehausaufgaben, die du nicht gemacht hast.

Die Schiebetüren öffnen sich und ich trete in die Eingangshalle. Dort ist es warm, wuselig und laut. Ich quetsche mich zwischen den Schülergruppen durch. Vielleicht kann ich von Britt noch schnell die Antworten abschreiben. Hoffentlich hat sie die Hausaufgaben gemacht.

Und dann erst fällt es mir auf, als ob mein Hirn vergessen hätte, mir die Nachricht weiterzuleiten: Es ist auf einmal totenstill in der Halle. Alle starren mich an.

»Das ist das Mädchen, das ich meinte«, höre ich einen Jungen sagen. Er flüstert und doch kann ich jedes Wort verstehen.

»Echt?«, murmelt ein anderer. »Sie sieht viel kleiner aus als auf dem Foto.«

Foto? Einen Moment lang verstehe ich nur Bahnhof, doch dann dämmert's mir. Oh nein! Sie meinen das Foto mit Max! Ich fühle, wie ich knallrot werde.

Ein paar Leute fangen an zu klatschen, als sei ich irgendein Promi.

Ich würde am liebsten wegrennen. Oder heulen. Aber ich tue

so, als merkte ich nichts. Mit einem neutralen Lächeln gehe ich zur Treppe. Die Schüler treten zur Seite, um mich durchzulassen. Mit hochrotem Kopf gehe ich nach oben. Ich lächle weiter, bis mir die Mundwinkel wehtun, und flüchte schließlich in den Erdkunderaum.

Endlich in Sicherheit.

»Hey, Kate!«, ruft Joel. »Kriege ich ein Autogramm von dir?«

Die ganze Klasse starrt mich an.

»Und darf ich mit dir aufs Foto?«, fragt Sven grinsend. »Vielleicht mag sich irgendwer kurz auf den Boden legen, dann tue ich so, als wäre ich Max, und dann kannst du …«

Gelächter.

»Haha, was sind wir wieder witzig!«, schnauze ich. »Mach doch eins mit Joel. Zwei Loser auf einem Foto.«

Noch lauteres Gelächter.

Ich lasse mich auf den Stuhl neben Britt fallen. In meinem Rücken spüre ich die brennenden Blicke meiner Klassenkameraden.

»Ich sage wohl besser nicht, dass ich dich gestern gewarnt habe«, sagt Britt. Sie sieht mich kopfschüttelnd an, als könne sie noch immer nicht glauben, was ich getan habe.

Das geht mir plötzlich tierisch auf die Nerven. Gerade sie sollte hinter mir stehen!

»Hast du aber doch gesagt«, fahre ich sie an. »Danke für nichts!«

»Äh, hallo, ich kann ja wohl nichts dafür, dass du jetzt Gesprächsthema Nummer eins geworden bist?« Britt sieht mich beleidigt an. »Ich bin auf deiner Seite.«

Auf einmal tut mir meine schroffe Reaktion leid. »Sorry«, sage ich leise. »Aber die ganze Schule hat das Foto gesehen.«

Sie nickt. »I know.«

»Oh Britt, was soll ich nur tun?«

»Hm, denk, denk.« Sie tippt sich mit dem Zeigefinger an die Schläfe. »Ich sehe nur eine Möglichkeit: Du musst untertauchen!«

»Untertauchen? Nee, jetzt mal im Ernst!«

»Ich meine das ernst«, sagt sie trocken. »Du gehst nachher mit mir nach Hause. Dann verstecke ich dich unter meinem Bett. Da ist es schön dunkel und warm und es liegen sicher noch ein paar Twix und Kitkats rum, die ich immer heimlich im Bett esse, also brauchst du nicht zu verhungern. In ein paar Jahren kommst du wieder raus und dann weiß niemand mehr, wer du bist.«

Die Idee ist so absurd, dass ich lachen muss. »In ein paar Jahren? Du bist wohl verrückt!«

»Sag ruhig gestört«, sagt sie grinsend.

Lachend lehnen wir aneinander.

»Hör mal zu«, sagt Britt auf einmal ernst. »In ein paar Tagen wird wieder eine andere Sau durchs Dorf getrieben, dann redet da keiner mehr drüber.«

»Meinst du?«, frage ich seufzend.

»Da bin ich ganz sicher«, sagt sie überzeugt. »Dir wird die Aufmerksamkeit noch fehlen, *believe me*.«

Der Himmel ist grau, als ich nach Hause radle, als hätte das Wetter auch einen schlechten Tag. Ich weiß gar nicht mehr, wie oft ich die ganze Geschichte erzählen musste. Fünfzigmal? Hundertmal? Tausendmal?

Am schlimmsten waren die Pausen. Ich hatte solche Angst, dass ich draußen auf Max treffen könnte. Aber der war nicht da. Laut Britt und Milou hat er sich krankgemeldet, das hatten sie auf Umwegen gehört.

Ich stelle mein Rad unsanft am Zaun ab und gehe zur Tür. Wenn ich nur Luuk kurz anrufen könnte. Doch es ist Dienstag und da hat er bis Viertel nach vier Schule. Und danach hat er Hausaufgabenbetreuung. Das Gerrit-van-der-Veen-Gymnasium ist noch schlimmer als unsere Schule.

Nur mit Mühe kriege ich die Tür auf. Sie scheint zu klemmen. Ich bücke mich und ziehe einen Stapel Post unter der Tür hervor. Werbeprospekte. Eine Rechnung. Ein blauer Umschlag. Ich will den Stapel gerade weglegen, da sehe ich, dass auch für mich ein Brief dabei ist.

KATE VAN DEN BOSCH steht da in ordentlichen geraden Blockbuchstaben auf dem weißen Umschlag.

Ich bekomme nie Post, außer an meinem Geburtstag. Neugierig reiße ich den Umschlag auf. Es steckt ein doppelt gefalteter Zettel darin, so ein Nullachtfünfzehn-Papier von einem Notizblock. Ich falte ihn auf. Es steht nur ein einziger Satz darauf, ebenfalls in ordentlichen Blockbuchstaben.

HALLO, KATE, TUT ES DIR LEID?

Ich starre den Text an und habe das Gefühl, etwas übersehen zu haben. Ist das alles? Wer hat diesen bescheuerten Brief geschrieben? Ich drehe den Umschlag um. Kein Absender. Vorne ist eine nichtssagende Briefmarke mit einer Mühle drauf, abgestempelt in Amsterdam.

Was soll mir leidtun?

Der Streit mit Max, sagt eine Stimme in meinem Kopf. Wahrscheinlich hat er mir diesen Brief geschickt. Oder einer seiner Freunde. Meine Adresse steht auf der Klassenliste, zu der jeder mit einem Login für die Schulwebsite Zugang hat. Und das hat jeder Schüler.

Was für ein geschmackloser Scherz! Tief in meinem Bauch fühle ich etwas wachsen. Ich weiß auch was: Wut. Ich schlucke ein paarmal, damit sie nicht größer wird. Wenn die denken, dass sie mir damit Angst einjagen können, dann haben sie sich geschnitten!

Ich zerknülle den Zettel und werfe ihn in den Papierkorb. Da gehört ihr hin, ihr Arschlöcher, denke ich.

Checkliste:
- großes, scharfes Fleischermesser (liegt gut versteckt in meiner Schreibtischschublade)
- steril verpackte Injektionsnadel
- Ampulle Dormicum

Ich muss mich echt zusammenreißen, um nicht mehr Medikamente mitzunehmen. Aber dann würde es auffallen. Ich lasse die Sachen in die Innentasche meiner Jacke gleiten. Keiner wird es sehen, wenn ich gleich rausgehe. Alles geht so gut, so leicht. Ich fühle mich dadurch bestätigt in meiner ...

Plötzlich höre ich Schritte. Sie kommen aus dem Sprechzimmer in meine Richtung. Blitzschnell verstecke ich mich hinter einem Schrank mit Latexhandschuhen und sterilen Wundkompressen. Mit klopfendem Herzen lausche ich. Jemand bleibt zögernd vor der Tür stehen. Doch ein paar Sekunden später geht er weiter.

Gott sei Dank. Mir wäre sicher so schnell keine Ausrede eingefallen.

Kapitel 5

»Alle mal herkommen, wir spielen Basketball!«, ruft Frau Popma, unsere Sportlehrerin. Sie bläst in ihre Trillerpfeife.

Alle zockeln zu ihr hinüber. Sport haben wir immer dienstags nach der zweiten großen Pause, dann hat dazu niemand mehr Lust.

»Hopp, hopp, die Herrschaften! Das muss schneller gehen«, seufzt sie. »Wir haben nur fünfzig Minuten und davon sind jetzt schon zehn vorbei.«

Sie wartet, bis wir in einer langen Reihe vor ihr stehen. »Ich brauche zwei Mannschaftskapitäne. Wer möchte?«

Fast jeder aus der Klasse streckt einen Arm in die Luft. »Ich, ich, ich!«, rufen alle.

Frau Popma zeigt auf Joel und Jennifer, die mit zufriedenem Lächeln in die Mitte der Turnhalle laufen. Zu Jennifer sagt sie: »Deine Mannschaft spielt mit den orangen Westen.«

»Aber die stinken!«, ruft Jennifer. »Warum kann die Mannschaft von Joel die ekligen Dinger nicht anziehen?«

Frau Popma stemmt die Hände in die Seiten: »Soll ich einen anderen Kapitän nehmen?«

Jennifer schnappt sich wütend eine der Westen vom Stapel. »Wenn ich eine üble Krankheit bekomme, verklage ich die Schule!«

Frau Popma ignoriert die Bemerkung. »Ihr dürft abwechselnd wählen. Fang du mal an, Joel.«

»Ich nehme ...« Joel tut, als denke er nach. »Sven!«

Grinsend stellt sich Sven neben ihn. Sie klatschen sich ab.

»Die reinste Vetternwirtschaft«, sagt Britt, die neben mir steht.

Jennifer ist dran. Ihr Blick schweift über die Reihe wartender Klassenkameraden. »Lotta«, sagt sie langsam.

»Yes!« Lotta läuft jubelnd zu Jennifer, als hätte sie einen Sechser im Lotto. Was für eine Angeberin!

Abwechselnd rufen Joel und Jennifer einen Namen. Ich tue so, als sei es mir egal, wann ich gewählt werde. In der Sportstunde werden immer die Beziehungen in der Klasse deutlich. Wer dazu gehört und vor allem, wer nicht.

»Kate!«

Überrascht höre ich Jennifer meinen Namen rufen. Sie hat mich als Dritte ausgesucht, wie ist das nur möglich? Wir haben sonst nie miteinander zu tun. Ob das wohl was mit meinem neuen Status als meistkommentierte, -gelikte und -getaggte Schülerin der Woche zu tun hat?

Ich nehme mir eine orange Weste. Jennifer lacht mich an, als seien wir beste Freundinnen.

»Ruben!«, ruft Joel.

Ein baumlanger Junge läuft zur anderen Mannschaft.

»Wen nehmen wir jetzt?«, flüstert Jennifer.

»Britt, nimm Britt«, sage ich. »Die trifft den Korb von der Mittellinie aus, echt.«

»Ich würde Anne nehmen«, zischt Lotta. »Mit der kann man zumindest ein bisschen Spaß haben.«

Hä? Und mit Britt nicht? Ich habe Lust, Lotta ordentlich auf den Pott zu setzen.

Aber da höre ich Jennifer sagen: »Britt!«

Ich kann mir einen triumphierenden Blick in Lottas Richtung nicht verkneifen. Sie starrt zurück, verärgert und von oben herab. Pech für sie.

Britt kommt zu mir. »Thanks«, flüstert sie.

Blitzschnell wählen Jennifer und Joel den Rest ihrer Mannschaften, bis nur noch ein Mädchen übrig ist: Michelle Eisma. Jennifer ist dran, aber sie sieht nicht so aus, als wolle sie Michelles Namen nennen.

Es wird still in der Turnhalle. Michelles fahlgelbes T-Shirt steckt in ihrer Shorts, wodurch sie noch dicker und plumper aussieht, als sie ist. Sie starrt auf den Boden.

Und wir starren sie alle an. Ich weiß, was alle denken: Gott sei Dank bin ich nicht Michelle Eisma.

Auf einmal muss ich an Leila denken. Bevor sie starb, blieb sie in der Sportstunde häufig als Letzte übrig. Und beim Schulfußballturnier saß sie auf der Bank. Natürlich hatte ich Mitleid mit ihr, aber was hätte ich denn tun sollen? Leila stolperte sogar über ihre eigenen Füße.

»Ich glaube, du warst dran, Jennifer«, sagt Frau Popma.

»Ich glaube nicht«, murmelt die.

Es wird noch stiller in der Turnhalle.

»Ist Joel dann dran?«, überlegt Frau Popma.

»Nee«, sagt der schroff. »Ich habe gerade Tijn gewählt.«

»Dann hatte ich also doch recht«, sagt Frau Popma lächelnd. Und zu Michelle: »Dann geh du mal zu Jennifer. Wir können anfangen.«

Kann sie sich wirklich nicht vorstellen, wie schlimm das für Michelle ist?

Michelle schlurft zu uns herüber. Ihr Hals ist voller roter Flecken. Ich versuche ein Lächeln, aber sie sieht es nicht, weil sie auf den Boden starrt.

Frau Popma pfeift. Das Spiel fängt an.

Innerhalb weniger Sekunden habe ich Michelle vergessen. Joel hat den Ball und wirft ihn zu Ruben, der sich freigelaufen hat. Mit großen Schritten dribbelt er zur anderen Seite.

»Blockt den Typen!«, schreit Jennifer.

Britt und Lotta springen vor Ruben. Doch der tut, als sähe er sie gar nicht. Er wirft den Ball über sie hinweg und trifft.

Mist, 0:1.

»Epic, Ruben!«, brüllen Joel und Sven.

Jennifer läuft mit großen Schritten auf uns zu. »Teambesprechung!«, schnauzt sie.

Wir stecken unsere Köpfe zusammen.

»Ruben darf den Ball wirklich nie mehr in die Finger kriegen«, sagt Jennifer fanatisch. »Kate und Britt, ihr deckt ihn, okay?«

Frau Popma pfeift noch einmal.

»Let's do it!«, ruft Jennifer, als wir wieder auf unseren Positionen stehen.

Ich stelle mich darauf ein, gleich zu Ruben zu rennen und deute Britt mit einem Kopfnicken an, dasselbe zu tun. Jennifer wartet ein paar Sekunden und wirft den Ball dann blitzschnell zu Lotta. Aus dem Augenwinkel sehe ich Ruben …

Da erklingt die Trillerpfeife von Frau Popma lang und laut. Alle halten inne. Wer hat gegen eine Regel verstoßen?

»Kate!«, höre ich sie rufen.

Erstaunt drehe ich mich um. Der Hausmeister steht neben Frau Popma. Beide lächeln. Verschwörerisch, als wollten sie mich in irgendwas reinreiten.

»Der Direktor möchte dich sprechen«, sagt sie so laut, dass es jeder hören kann.

Ich spüre die brennenden Blicke meiner Klassenkameraden im Rücken.

Als ich zögere, sagt sie: »Heute noch.«

»Äh, okay.« Niedergeschlagen gehe ich in die Umkleide, wobei ich denke: Was habe ich jetzt schon wieder getan?

Kapitel 6

Zögernd bleibe ich vor der Tür mit dem Schildchen DIREKTOR B. KRAAKMAN stehen. Hoffentlich will er nicht über meine schulischen Leistungen sprechen, sonst habe ich ein Problem. Ich wische die feuchten Hände an meiner Jeans ab und will gerade anklopfen, da höre ich auf der anderen Seite der Tür eine tiefe, gedämpfte Stimme etwas sagen. Eine Jungenstimme antwortet.

Mist, es ist noch jemand drinnen. Soll ich wieder weggehen und später wiederkommen? Oder warten?

Ich höre den Direktor wieder etwas sagen. Ich kann es nicht verstehen, aber es klingt ernst.

Dann ändern sich die Geräusche auf einmal. Stühlerücken, Schritte. Wenige Sekunden später geht die Tür auf. Der Direktor sagt: »Bis nächste Woche, Michael. Versprochen?«

»Okay.« Ein Junge mit kurzem blondem Haar und Sommersprossen kommt heraus. Er sieht zu Boden, wodurch er fast gegen mich stößt.

»Mach die Augen auf!«, will ich rufen, verkneife es mir jedoch. An seinem grimmigen Blick sehe ich, dass er fix und fertig ist. Das muss ein unschönes Gespräch gewesen sein.

Der Direktor sieht mir in die Augen. »Ah, Kate, da bist du ja schon, komm rein.«

Widerwillig tue ich, was er sagt. Ich fühle mich wie das nächste Schaf, das zur Schlachtbank muss.

»Setz dich.« Er zeigt auf einen Stuhl an der anderen Seite seines Schreibtisches. »Möchtest du etwas trinken? Ich habe Kaffee, Tee, Wasser.«

Ich schüttle den Kopf.

Es bleibt lange still.

»Weißt du, warum du hier bist?« Es klingt so ernst, dass ich den Atem anhalte.

»Äh, nein«, sage ich heiser.

»Tom Uiterwaals Eltern sind vorhin hier gewesen.«

Tom Uiterwaal? Anscheinend gucke ich verwirrt, denn der Direktor erklärt: »Tom ist der Junge von dem ... Vorfall vorgestern.«

Mein Herz fängt wie wild an zu klopfen und mir wird ein bisschen übel. Auf einmal wünschte ich mir, dass der Direktor doch über meine Fünfen sprechen wollte.

»Würdest du mir wohl in deinen Worten erzählen, was vorgestern passiert ist?«

»Es gab Streit«, setze ich mit trockenem Mund an.

Herr Kraakman zieht die Augenbrauen hoch, als hätte er etwas mehr erwartet.

»Es gab Streit zwischen zwei Jungs und der lief ein wenig aus dem Ruder«, sage ich widerwillig.

»Könntest du wohl etwas genauer sein?«, seufzt er. »Worum ging es bei dem Streit? Was passierte genau? Wer hat angefangen?«

Ich beiße mir auf die Lippe.

»Hör mal, Kate, das hier ist ein vertrauliches Gespräch. Alles, was du hier erzählst, bleibt unter uns.«

Ich gucke von der geschlossenen Tür zu Herrn Kraakman, der mich unverwandt ansieht. Da ist wohl nichts zu machen. Ich atme tief ein und erzähle in kurzen Sätzen, wie Tom von einem älteren Jungen zu Boden geschleudert und dann getreten wurde.

»Und dann?«

»Dann habe ich gesagt, dass er aufhören soll«, sage ich leise.

Herr Kraakman nickt zufrieden, als sei das die Version, die er hatte hören wollen. »Das war sehr mutig von dir, Kate. Andere Schüler sollten sich an dir ein Beispiel nehmen.«

Wie er das so sagt, komme ich als das bravste Mädchen der Schule rüber. Ein Nerd.

»Wie heißt der Junge, der Tom geschubst und getreten hat?«, fragt er auf einmal.

Erschrocken sehe ich ihn an. Denkt er wirklich, dass ich Max' Namen nennen werde? Da kann ich mich ja gleich erschießen.

»Oh, es war ein Junge aus der Elften oder Zwölften, glaube ich. Ich kenne ihn nicht, tut mir leid«, versuche ich mich herauszureden.

Herr Kraakman fällt nicht darauf rein. »Kannst du ihn beschreiben?«

Ich tue, als ob ich sehr lange nachdenke. »Ich glaube, er hatte dunkelblondes Haar.« Ha, denke ich, damit kommt er nicht weit. Die Hälfte aller Jungen in unserer Schule haben dunkelblondes Haar.

»Meinst du vielleicht diesen Jungen?« Herr Kraakman schiebt ein Foto zu mir herüber.

Max' grinsendes Gesicht sieht mich an. Sogar auf diesem Schulfoto hat er etwas Falsches. Ich schiebe das Foto schnell zurück, damit ich es nicht länger anzusehen brauche.

»So ähnlich sieht er aus«, sage ich.

Das scheint dem Direktor zu genügen. »Max de Bruin«, sagt er ernst. »Es ist nicht das erste Mal, dass er in einen Vorfall verwickelt ist. Vor einigen Monaten hat er zusammen mit einem anderen Schüler von unserer Schule und einem vom Gerrit-van-der-Veen-Gymnasium ein Mädchen belästigt. Leider war das außerhalb der Schulzeit und es gab keine Zeugen.«

Ich zucke mit den Schultern. Es wundert mich gar nicht, dass Max das getan hat.

Herr Kraakman lässt Max' Foto in einer Mappe verschwinden. »Toms Eltern sind dir sehr dankbar. Das hätte ganz anders ausgehen können.« Er lächelt.

Ich lächle zurück. Gott sei Dank, es ist vorbei. »Gern geschehen, wirklich«, sage ich und stehe auf. »Ich würde es jederzeit wieder tun. Schönen Tag noch.«

»Kate, warte mal, eine Sache möchte ich noch mit dir besprechen.«

Mit einem unbehaglichen Gefühl setze ich mich wieder.

Der Direktor faltet die Hände. Als er mit tiefer Stimme zu sprechen anfängt, geht mir auf, dass alles hiervor nur eine Einleitung war. »Die Eltern von Tom wollen bei der Polizei Anzeige wegen Körperverletzung erstatten.«

»Was? Anzeige?«, rutscht mir raus. »Bei der Polizei? Das ist doch nicht Ihr Ernst?«

Herr Kraakman nickt. »Ein solches Verhalten darf nicht toleriert werden. Tom ist mit blauen Flecken und Schrammen übersät. Der arme Junge traut sich nicht mehr in die Schule.«

Der Anblick von Toms tränenüberströmtem Gesicht schießt mir durch den Kopf. »Aber warum erzählen Sie mir das?«, frage ich.

»Weil Toms Eltern es gerne hätten, dass du auch mit der Polizei sprichst.«

Mir bleibt die Luft weg, als hätte man mir in den Magen geboxt. Sprachlos starre ich den Direktor an.

»Wir können dafür kurzfristig einen Termin machen. Sogar in

der Schulzeit; ich kann dafür sorgen, dass du aus dem Unterricht wegdarfst.«

»Aber ... Es ... Ich ...«, stammle ich mit hochrotem Kopf.

»Immer mit der Ruhe, Kate, wir besprechen überhaupt erst einmal diese Möglichkeit. Toms Eltern verstehen, wenn du das nicht möchtest, auch wenn sie es bedauern würden. Sie respektieren deine Entscheidung.« Aber er sagt das in einem Ton, als stünde meine Schullaufbahn auf dem Spiel.

Er redet noch weiter über Normen und Werte, aber ich höre ihm nicht mehr zu. Ich habe zwei Möglichkeiten: reden und Tom helfen oder schweigen und mir selbst helfen.

»Du kannst darüber auch gerne noch ein Weilchen nachdenken«, höre ich ihn plötzlich sagen.

Auf einmal sehe ich den Raum wieder scharf. »Äh, ja, das wäre schön.«

»Wollen wir dann für Montag einen neuen Termin vereinbaren? Du kannst jederzeit bei mir vorbeikommen.«

»Okay.«

»Fantastisch.« Er steht auf und geht zur Tür.

Ich folge ihm.

»Dann sehen wir uns Montag«, sagt er und öffnet mir die Tür.

»Äh, ja.« Zögernd bleibe ich im Türrahmen stehen. Ich wollte es eigentlich nicht sagen, aber dann sage ich es plötzlich doch: »Würden Sie wohl Tom von mir grüßen?«

»Aber natürlich.« Herr Kraakman klopft mir auf die Schulter, als wären wir beste Freunde. »Das ist sehr lieb von dir.«

Ich nicke und verlasse den Raum. Hinter mir fällt die Tür ins Schloss. Ein paar Sekunden bleibe ich stocksteif stehen. Wie konnte mein Leben bloß innerhalb weniger Tage so außer Kontrolle geraten? Auf der Uhr in der Eingangshalle ist es halb zwei. Ich habe eigentlich Englisch, aber dann bin ich wahrscheinlich wieder das Gesprächsthema. Es hat mich natürlich jeder zum Direktor gehen sehen.

Ihre Sache! Ich angle das Handy aus meiner Tasche und schicke Britt eine SMS: *My life is over … Ich komm nicht zu Englisch, sorry … #ausgecheckt.*

Als ich mein Telefon wieder in die Tasche gesteckt habe, sehe ich, dass mich von der anderen Seite der Halle ein Junge beobachtet. Es dauert eine Weile, bis ich ihn wiedererkenne. Shit, es ist einer von Max' Freunden!

Einen kurzen Augenblick sehen wir einander wie gebannt an. Dann dreht er sich um und geht weg. Ein Schauer läuft mir über den Rücken. Hat er gesehen, dass ich aus dem Büro des Direktors kam? Verdammt, wenn er das nachher Max erzählt. Dann bin ich tot!

Mit einem unguten Gefühl gehe ich nach draußen. Es nieselt und ich verstecke mein Gesicht in der Kapuze. Wie auf Autopilot gehe ich zu meinem Fahrrad und werfe den Rucksack in den Korb am Lenker.

Da entdecke ich den weißen Umschlag. Auf dem Gepäckträger mit der Rückseite nach oben, als ob ihn jemand versehentlich verloren hat. Das Papier ist noch fast ganz trocken. Länger als ein paar Minuten kann dieser Umschlag hier nicht gelegen haben, sonst wäre er inzwischen aufgeweicht.

Ich gucke mich um. Der Fahrradstellplatz ist leer, und doch habe ich das komische Gefühl, dass mich jemand beobachtet.

Sei nicht albern, sage ich mir. Du siehst schon Gespenster.

Ich nehme den Umschlag und drehe ihn um. Auf einmal fühle ich mich wieder wie bei uns im Flur. Mit dem Umschlag in der Hand, auf dem in ordentlichen, geraden Blockbuchstaben mein Name steht. Genau dieselben Blockbuchstaben starren mich jetzt an. Dieser Brief kommt zweifellos vom selben Absender!

Meine Hände zittern, als ich den Umschlag aufreiße und das verknitterte Blatt herausziehe. Seltsamerweise dauert es lange, bis ich verstehe, was da steht.

HAST DU NOCH KEINE ANGST? DAS SOLLTEST DU ABER.
ICH SEHE ALLES, WAS DU TUST.
ZICKE!

Eine Gefühlswelle donnert über mich hinweg. Erstaunen und Angst. Unglaube und Panik. Ich werde von diesem Typen bedroht!

Plötzlich muss ich an Tom denken. Wie er wehrlos am Boden lag mit tränennassem Gesicht, während Max ihn trat. Was muss er für eine Angst ausgestanden haben!

Tief in meinem Inneren rebelliert etwas. Wenn ich jetzt meine Angst zulasse, werde ich auch eins von Max' Opfern. Ich lasse nicht auf mir rumtrampeln. Von niemandem und schon gar nicht von Max und seinen Freunden.

Ich falte den Zettel zusammen und zerreiße ihn. Noch einmal und noch einmal, bis nur noch kleine Schnipsel übrig sind. Ich lasse sie auf den schmutzigen, nassen Boden fallen.

Ganz langsam strecke ich meinen Mittelfinger in die Höhe. Ich hoffe, dass der Briefeschreiber es sieht und die Botschaft klar ist: Fuck you!

Ich sehe, wie Kate meinen Brief zerreißt. Das Papier, das ich so sorgfältig ausgesucht habe. Die Worte, mit denen ich mir solche Mühe gegeben habe. Wie Abfall auf den Boden geworfen. Es lässt sie völlig kalt.

Und um ihrer Verachtung Nachdruck zu verleihen, zeigt sie mir auch noch den Mittelfinger! In ihren Augen sehe ich den genervten, hochmütigen Blick eines Mädchens, das denkt, dass sich die Welt nur um sie dreht.

Ich hätte es wissen sollen. Sie ist schon immer eine arrogante Ziege gewesen.

Ich balle meine Hände zu Fäusten. In Gedanken drücke ich Kate die Kehle zu. Ich kann sie fast nach Luft schnappen hören. Ich balle die Fäuste, bis meine Knöchel weiß werden. Ich stelle mir vor, wie ihr Körper zittert und sich in meinen Armen windet im Kampf um Sauerstoff. Und schließlich aufgibt. Was für eine herrliche, wunderbare Vorstellung!

Nur zu gerne würde ich ihr jetzt sofort eine Lektion erteilen. Aber ich tue es nicht, sondern halte mich an meinen Plan.

Ich entspanne meine Hände und setze mich ein wenig anders hin. Mein Versteck hinter der Mauer des Fahrradstellplatzes erfüllt seinen Zweck, ist aber sehr eng. Aus der Entfernung sehe ich, wie Kate ihr Fahrrad aus dem Fahrradständer herausmanövriert. Sie wirft ihr langes blondes Haar über die Schulter und radelt mit genervtem Gesichtsausdruck davon, als könne ihr niemand etwas anhaben.

Aber eigentlich kann man jeden kaputtkriegen.

Kapitel 7

»Viel Spaß bei Britt und Milou, mein Schatz. Ich wäre auch gerne noch mal sechzehn, dann würde ich jetzt mit euch zu dem Geburtstag gehen und auch bei Britt übernachten.« Mama gibt sich Mühe, fröhlich zu gucken. Aber ihr Gesicht ist nur noch ein Schatten seiner selbst. Sie sieht müde und abgekämpft aus.

Ich würde sie zu gerne wieder einmal so lachen sehen wie früher. Ich seufze und beiße mir auf die Lippe.

»Kate?« Sie senkt die Stimme. »Es kommt mir so vor, als ob dich in letzter Zeit etwas belastet. Möchtest du nicht darüber reden? Ich weiß, die letzten Monate sind sehr schwer gewesen und Papa und ich hatten sehr wenig Zeit für dich ...« Sie seufzt. »Du kannst mir alles sagen, das weißt du hoffentlich?«

Alles ... nur nicht, dass ich solche Angst habe, dass sie sterben könnte, dass ich nachts nicht mehr schlafen kann, sonst würde sie sich zu große Sorgen um mich machen.

Ich antworte, ohne zu zögern: »Ach, nicht weiter schlimm. Ich habe einfach so viel für die Schule zu tun, das ist alles.«

»Schule also, okay.« Sie lächelt mich schwach an, was so viel bedeutet wie: Dieses eine Mal will ich dir glauben.

Ich nehme mir einen Apfel aus dem Obstkorb und beiße hinein. »Bis morgen, Mama.«

»Nein.« Sie schüttelt den Kopf. »Morgen sind Papa und ich bei Tante Marjans Geburtstag und übernachten da auch. Hattest du das vergessen?«

»Ah ... äh ... nee, natürlich nicht.« Aber eigentlich denke ich: Hat Tante Marjan Geburtstag? In meinem Kopf scheint täglich mehr Chaos zu herrschen.

»Soll ich Oma anrufen und fragen, ob sie morgen Abend hier übernachtet?«, fragt meine Mutter.

Wenn ich jetzt Ja sage und Oma hier übernachtet, muss ich um elf ins Bett.

»Mamaaa, ich bin sechzehn, ich brauche keinen Babysitter.«

»Das dachte ich mir schon«, sagt sie und zwinkert mir zu. »Aber unserer Nachbarin sage ich schon, dass wir weg sind, dann kannst du da jederzeit hin, wenn was ist.«

Ich gehe zur Küchentür.

»Sei vorsichtig, ja?«, höre ich meine Mutter sagen. »Wenn was ist, rufst du an, okay?«

»Ja, ja«, sage ich.

»Grüße an Britt und Milou!«

»Yep«, sage ich und ziehe mit einem komischen Gefühl im Bauch die Tür hinter mir zu.

Draußen atme ich tief die kalte Luft ein und werfe die Tasche mit den Schlafsachen in den Fahrradkorb. Wie schön du lügst, scheint sie mir sagen zu wollen. Ach, was soll's, denke ich und steige auf. Ich kann meiner Mutter ja wohl kaum sagen, dass ich heute Nacht nicht bei Britt, sondern bei Luuk übernachte. Das würde ihr nicht gefallen. Erst recht nicht, wenn sie wüsste, dass seine Eltern weg sind. Theoretisch ist es natürlich egal, wo ich schlafe. Ich meine, beides ist nicht zu Hause und in einem fremden Bett. Also ist es nicht wirklich gelogen, oder?

Mein Gewissen schweigt.

Wie eine Besessene strample ich den Stadionweg entlang. Autos rasen an mir vorbei und ich sause über den Fahrradweg. In einiger Entfernung sehe ich den Verkehr stocken. Radfahrer steigen ab. Mist, ob das eine Polizeikontrolle ist? Mein Licht geht schon ein paar Wochen nicht mehr. Blitzschnell disponiere ich um. Ohne mich umzusehen, biege ich rechts ab in die Minervastraat. Dann muss ich wohl einen kleinen Umweg machen.

Ich fahre über die Brücke. Kaum vorstellbar, wie anders die Umgebung auf einmal aussieht. Es ist hier stiller und dunkler. Das Licht der Straßenlaternen zeichnet fahlgelbe Kreise in den Abend. Dazwischen ist alles schwarz.

Ich fahre langsamer. Links und rechts stehen große Villen. Ich stelle mir vor, wie hinter den Gardinen Familien beim Essen sitzen. Oder den Tisch abräumen. Oder Monopoly spielen. Aber irgendwie gelingt es mir nicht so richtig.

Und dann höre ich etwas. Ein leises Schleifgeräusch. Es klingt noch am ehesten wie eine volle Mülltüte, die über den Gehweg gezogen wird.

Ich sehe mich nach links und rechts um, aber da ist niemand. Wahrscheinlich war es bloß ...

Plötzlich schießt aus einer Seitenstraße ein Radfahrer ohne Licht hervor! Mein Herz setzt einen Schlag aus.

Der Radfahrer fährt hinter mir her. Ich werfe einen flüchtigen Blick über die Schulter. Es ist ein Junge. Sein Gesicht ist im Schatten seiner Kapuze verborgen.

Ich radle schneller, er auch.

Ich biege rechts ab, er auch.

Plötzlich muss ich an die Briefe denken. *Hast du schon Angst? Das solltest du aber.*

Weiterfahren. Einfach weiterfahren, sagt eine Stimme in meinem Kopf. Lass dir deine Angst nicht anmerken, sieh dich nicht um.

Ich höre den Radfahrer immer näher kommen. Auf einmal kann ich nicht mehr gut atmen, als ob mir die Kehle zugedrückt würde.

»Hilfe!«, will ich rufen, aber ich kriege keinen Ton heraus.

Aus dem Nichts tauchen zwei Lichtkegel auf. Ein Auto biegt in die Straße ein und fährt in Schritttempo auf mich zu. Ich mache einen Schlenker, weil mir nichts Besseres einfällt. In dem Moment rast der Radler an mir vorbei und verschwindet in einer Gasse.

Der Autofahrer kurbelt das Fenster herunter. »Ist alles in Ordnung?«, fragt er. Es ist ein älterer Herr.

Mit hämmerndem Herzschlag steige ich vom Rad. Die Straße ist wieder dunkel und ruhig, als ob nichts geschehen wäre. Werde ich etwa paranoid? Vielleicht war es einfach ein Junge hier aus der Nachbarschaft. In Amsterdam radelt so gut wie immer jemand hinter einem, sogar mitten in der Nacht.

»Ich dachte, ich hätte eine Freundin gesehen«, sage ich mit rauer Stimme. »Alles in Ordnung.«

»Okay, schönen Abend noch!« Das Fenster schließt sich und das Auto fährt davon. Wenig später verschwindet es um die Kurve.

Ich springe auf mein Rad und steige in die Pedale, während ich mir einrede, dass wirklich alles in Ordnung ist. Aber ich beruhige mich erst so richtig, als ich bei Milou zu Hause ankomme und Britt und Milou vor der Tür stehen sehe.

Kapitel 8

Wir hören die Musik schon, als wir in die Straße einbiegen. Ein tiefer, dröhnender Bass, der immer stärker wird, je näher wir Maddys Haus kommen.

»Das wird hier echt eine megafette Party«, sagt Britt. »Was für eine Superidee von dir, Milou.«

»Ich geb dir gerne meine Kontonummer«, sagt die grinsend.

Vor Maddys Haus stehen so viele Fahrräder, dass wir unsere ein Stückchen weiter weg an einen Baum lehnen.

»Selfie time!«, ruft Britt.

Ich stelle mich zwischen Britt und Milou. Unsere Köpfe sind so dicht beieinander, dass mich Britts rote Locken an der Wange kribbeln.

»Lächeln!« Britts Handy schwebt über mir. Der Blitz blendet mich.

»Oh, das ist echt schön!«, sagt Milou, die über Britts Schulter guckt. »Schickst du mir das bitte auch?«

Britts Finger gleiten blitzschnell über das Display. »Ihr solltet es ... jetzt haben.«

Im selben Moment höre ich zwei Pieptöne für eingehende Nachrichten. Milou und ich ziehen beide unsere Handys hervor und öffnen Instagram. Britt hat das Foto gepostet.

READY TO PARTY! I LOVE MY BFFS #BIRTHDAYPARTY@KATE_ ITS_ME @MILOUTJUUUH

Milou und ich liken das Foto.

I LOVE U2 BRITT HOOFT GRAAFLAND 😎, schreibt Milou darunter.

4EVER 💋, tippe ich.

»Meine besten Freundinnen!« Milou wirft uns einen Kuss zu. Arm in Arm gehen wir zu Maddys Haus. Die Tür ist offen. Am Eingang stehen zwei Jungs.

»Name?«, fragt der Junge mit den blonden Locken. Ich habe ihn noch nie gesehen. Der andere Junge mit braunem Haar geht, glaube ich, in die Zwölfte.

»Milou van Velde«, antwortet Milou. »Und ich habe meine zwei Freundinnen Kate und Britt mitgebracht.«

Der blonde Junge überfliegt die Liste. »Yep, ihr steht drauf. Das macht dann fünf Euro pro Person, dafür könnt ihr gratis trinken bis zum Umfallen.«

Ich suche in meiner Jackentasche nach Geld.

»Hey«, sagt er. »Bist du nicht das Mädchen von dem Foto?«

Mit offenem Mund starre ich ihn an. Ich bin noch nicht einmal drinnen und schon fängt jemand mit dem dummen Foto an.

Anscheinend erwartet er keine Antwort, denn er sagt: »Ich hab's gelikt und geteilt. Respekt!«

Ich gucke ihn wütend an.

Er grinst zurück. »Weißt du was, lasst mal stecken.«

Er setzt einen Kringel hinter unsere Namen. »Ihr dürft so rein. Bis später!«

»Bis später!«, ruft Britt, als fände sie es großartig, dass wir gratis hineindürfen.

Ich weiche seinem Blick aus und folge Britt und Malou.

»Boah, wie nett von ihm«, zische ich, als wir unsere Jacken auf einen großen Haufen legen.

»Hallo? Wir haben gerade fünfzehn Euro von ihm bekommen. Ein bisschen Dankbarkeit ist da wohl nicht zu viel verlangt«, sagt Britt. »Und jetzt Themawechsel. Wir wollen doch feiern, oder?«

»Okay«, sage ich seufzend.

Wir gehen ins Wohnzimmer, das wirklich proppenvoll ist. Überall reiben sich Körper aneinander: auf der Tanzfläche und in der Sitzecke. Einige Leute kenne ich aus der Schule, andere habe ich noch nie gesehen. Es sieht so aus, als sei die ganze Stadt zu Maddys Geburtstagsfeier gekommen.

»Da ist Maddy«, sagt Milou. »An der Bar.« Sie zieht uns mit zu einer Bar aus leeren Bierkästen. »Herzlichen Glückwünsch!«, ruft sie und fällt Maddy um den Hals.

Maddy fängt auch an zu kreischen. »Oh my God, da bist du ja endlich!« Sie ist schon betrunken, das sehe ich an ihren schweren Lidern.

»Das sind Kate und Britt«, sagt Milou. »Du weißt schon, aus meiner Hockeymannschaft.«

»Ach ja.« Maddy nickt. »Schön, dass ihr da seid.« Aber es klingt merklich weniger begeistert als bei Milou.

»Glückwunsch«, brummelt Britt.

»Ja, echt super, dass du eine Party schmeißt«, sage ich.

Maddy sieht mich mit zusammengekniffenen Augen an. Wenn sie jetzt auch noch mit dem Foto anfängt, schreie ich.

»Geschenk!«, ruft Milou.

Maddys Blick schwenkt von mir auf das goldene Geschenk in Milous Hand. »Für mich? Wie lieb!« Mit wenigen Bewegungen reißt sie die Verpackung auf. »Nice! Ein Gutschein von H&M!« Maddy legt ihn zwischen die Gläser und Flaschen auf den Tresen.

Ein Junge tippt ihr auf die Schulter. »Maddy, gibt es noch irgendwo Wodka? Es sind schon sechs Flaschen leer.«

»Mist, echt? Ich guck mal kurz, ob im Weinkeller meines Vaters noch welcher steht.« Maddy zieht den Jungen am Ärmel hinter sich her. »Tschüüüss!«, ruft sie uns zu.

»Ja, tschüss«, sagt Britt, als sie schon nicht mehr zu sehen ist. »Was wollen wir trinken? Darf's ein Cocktail sein?«

Ich zögere kurz. Ob etwas Hochprozentiges eine gute Idee ist? Nein ... Trotzdem sage ich: »Für mich einen Passoã Orange.«

»Für mich auch«, sagt Milou.

»Rührt euch nicht von der Stelle«, sagt Britt. »Ich bin gleich wieder da.«

Vier Passoã Oranges später tanzen wir wie die Wilden zu Musik von David Guetta. Es geht wie von selbst. Als ob wir eine einstudierte Show aufführen, bei der jeder Move sitzt. Oder ist das bloß der Alkohol?

»Hinter dir«, keucht Britt auf einmal.

Ich werfe einen Blick über die Schulter und wende mich schnell wieder ab. Aber ich bin nicht schnell genug, er hat gesehen, dass ich ihn gesehen habe. Der Junge mit den blonden Locken, der zu Beginn des Abends an der Tür stand.

»Er kommt zu uns«, zischt Milou.

Und dann steht er auf einmal neben uns. Ich sehe ihn nicht an, aber Britt schon. Wie ein Parasit tanzt er einfach mit, wobei er ständig wie zufällig gegen mich stößt.

Sein Problem, ich habe da keine Lust drauf. Entnervt trete ich ein paar Schritte zurück und verschränke die Arme.

Anscheinend ist dieser Hint zu subtil für ihn, denn er stellt sich neben mich. »Bist du müde?«, brüllt er mir über die Musik hinweg ins Ohr.

Ja, deinetwegen, denke ich.

Er kommt noch näher. »Du heißt doch Kate, oder?«

»Ja«, sage ich kurz angebunden.

»Ich heiße Kevin. Unsere Namen fangen beide mit einem K an.«

»Nein, so ein Zufall!«, sage ich bissig.

Da spüre ich seine Hand auf meinem unteren Rücken, wehre mich aber nicht dagegen.

»Wie hast du das denn jetzt genau gemacht bei Max?«, fragt Kevin in mein Ohr.

Mir wird fast schlecht von seinem warmen Alkoholatem.

Seine andere Hand legt sich locker auf meine Hüfte. Glaubt er jetzt wirklich, dass ich nicht checke, was er vorhat?

»Soll ich's mal vormachen?«, frage ich lieblich lächelnd.

»Wenn du möchtest«, sagt er langsam.

»Du musst ein bisschen näher kommen.«

»So?«, fragt Kevin und reibt sich an mir.

»Ja, genau so. Und jetzt musst du die Augen zumachen.«

»Spannend.« Sein Grinsen wird noch breiter. Was für ein Idiot!

»Auf dem Foto machte ich ...« Ich packte ihn an den Schultern. »... das!« Ich ramme ihm mein Knie mit voller Wucht zwischen die Beine.

Stöhnend kippt er vornüber.

»Tschüss!«, rufe ich und gehe mit großen Schritten zu Britt und Milou hinüber, die mich mit offenem Mund anstarren.

»Dumme Bitch!«, höre ich Kevin mir hinterherrufen. »Das wird dir noch leidtun.«

»Wozu war das denn gut?«, fragt Britt missbilligend. »Der arme Junge hat dir doch nichts getan!«

»Doch, er hörte einfach nicht auf, über das Foto zu reden.« Mein Gesicht glüht.

»Na und? Jetzt reden Montag in der Schule wieder alle über dich. Und glaub mal nicht, dass ich diesmal Mitleid mit dir habe.«

»Dann halt nicht.« Ich fühle Tränen aufsteigen und wende mich ab.

»Wo willst du hin?«, fragt Milou.

»Ich hole meine Jacke und fahre zu Luuk.«

»Es ist doch erst zwölf!«, ruft sie. »Bleib noch ein bisschen, please. Britt meint es nicht so.«

»Oh doch«, höre ich Britt bockig sagen. »Ich habe echt genug von diesen bescheuerten Aktionen!«

»Und ich habe echt genug von deinem Gelaber«, schnauze ich sie an, um nicht in Tränen auszubrechen. »Bist du jetzt meine Freundin oder nicht?«

Britt schweigt.

»So viel dazu«, sage ich heiser. »Bis Montag. Oder auch nicht.« Mit großen Schritten gehe ich davon.

»Warte!«, ruft Milou, aber ich tue, als ob ich sie nicht höre.

Tief in meine Jacke eingemummelt gehe ich zu meinem Fahrrad. Es fühlt sich an, als bestünde der Gehweg aus Sprungkissen. Alles wippt und dreht sich. Mir ist kotzübel. Vom Alkohol. Von Britt. Von mir. Mit ist einfach alles zu viel.

Ich versuche, meinen Fahrradschlüssel ins Schloss zu stecken. Erst beim vierten Versuch gelingt es mir. Genervt reiße ich mein Fahrrad los, wodurch Britts umfällt. Geschieht ihr recht, denke ich.

Im Slalom fahre ich auf dem Gehweg in die dunkle Nacht.

Sie radelt an mir vorbei, ohne mich zu sehen. Sie scheint innerhalb weniger Stunden ein anderes Mädchen geworden zu sein. Ihre Augen sind verquollen und sie hat rote Flecken am Hals.

Endlich.

Meine Kate ist schwächer und kleiner geworden. Weniger arrogant. Ganz langsam zerbricht sie. Ich fühle den Moment nahen.

Vielleicht schon heute Abend? Bei dem Gedanken daran fängt mein Herz unregelmäßig zu schlagen an, bei den Bildern, die in meinem Kopf aufsteigen. Doch ich lasse es los. Es ist zu riskant. Dann geht es sicher schief. Ich tue das hier schließlich nicht nur für mich selbst. Es ist eine Kooperation, so sehe ich es zumindest.

Lautlos steige ich auf mein Fahrrad. Wie ein Schatten folge ich Kate. Ohne Handzeichen biegt sie rechts ab. Ich weiß genau, wo sie hinwill. Oder eher zu wem ... Ich fahre geradeaus und nehme die Abkürzung durch den Park.

Kapitel 9

Ich lasse mein Fahrrad gegen den Gartenzaun fallen und gehe zur Tür. Auf der Fahrt hierher habe ich nur an Britt denken können. Wie konnte sie mich einfach so fallen lassen? Schnallt sie denn wirklich nicht, wie ich mich fühle? Und das Allerschlimmste ist, dass sie wahrscheinlich keine Sekunde mehr an mich gedacht hat.

Meine Augen füllen sich wieder mit Tränen. Schnell blinzle ich sie weg. Ich habe keine Lust, weinend zu Luuk ins Bett zu schlüpfen. Ich fische den Schlüssel aus der Tasche, den Luuk mir gegeben hat, und versuche, ihn ins Schloss zu stecken, doch es ist, als ob der Schlüssel zu groß ist – oder das Schloss zu klein.

Eine Träne rollt mir aus dem Augenwinkel. Wäre ich doch bloß nicht zu dieser blöden Party gegangen. Wäre ich bloß nie...

Plötzlich gleitet der Schlüssel ins Schloss. Erleichtert öffne ich die Tür und trete in den Flur. Mit einem leisen Klicken fällt die Tür hinter mir ins Schloss. Es wird fast gespenstisch dunkel. Ein Lichtschein fällt durch das Treppenhaus, als ob im ersten Stock irgendwo Licht brennt. Sind Luuks Eltern etwa doch zu Hause? Die Vorstellung bereitet mir Magenschmerzen. Ich kenne sie nämlich noch gar nicht.

»Hallo?«, rufe ich leise.

Keine Antwort.

Irgendwo über mir höre ich etwas knarzen wie Schritte.

»Hallo?«, rufe ich noch mal.

Das Knarzen hört auf. Ich lausche noch ein Weilchen, doch es bleibt still.

»Whatever«, denke ich. »Es wird der Wind gewesen sein.« Mit ausgestreckten Armen, um nirgendwo gegenzustoßen, gehe ich zur Treppe.

»Mist!«, fluche ich, als ich über irgendetwas stolpere. In dem stillen Haus klingt das wie ein Bombeneinschlag. Ich bleibe stocksteif stehen und halte die Luft an, als ob ich dadurch weniger Lärm mache.

Das Haus bleibt völlig still.

Ich halte mich am Treppengeländer fest, damit ich nicht falle. Stufe um Stufe gehe ich hinauf, bis ich oben im dämmrigen Flur stehe.

Luuks Zimmer ist am Ende des Flurs. Auf Zehenspitzen schleiche ich dorthin. Vor Luuks Tür bleibe ich stehen. Ich lausche, höre aber nur meinen eigenen Atem. Vorsichtig drücke ich die Klinke hinunter.

»Hallo Kate!«

Mit einem Aufschrei lasse ich die Tür los. Es dauert einige Sekunden, bevor zu mir durchsickert, dass es Luuk ist, der hinter der Tür steht. Komplett angezogen.

»Was tust du denn hier?«, stammle ich erschrocken und trete in sein Zimmer.

»Ich wohne hier.« Luuk grinst. »Ich sollte eher dich fragen, was du hier tust. Es ist erst halb eins. War die Party nicht gut?«

»Ging so.«

Wieder treten mir Tränen in die Augen, als hätten sie auf diesen Moment gewartet. Ich starre angestrengt auf meine Füße.

»Kate!« Er hebt mein Kinn an, sodass ich ihn ansehen muss. »Was ist denn?«

Er klingt so lieb und interessiert, dass mir noch mehr die Tränen kommen.

»Britt war blöd zu mir«, murmle ich.

»Blöd?«

»Sie sagte, dass sie nicht mehr meine Freundin ist.« Tränen rollen über meine Wangen.

Luuk wischt sie weg. »Hä, wieso? Sie ist doch deine beste Freundin. Hast du sie nicht vielleicht missverstanden?«

»Leider nein.« Ich hole tief Luft und erzähle die ganze Geschichte. Bei der Stelle über Kevin traue ich mich nicht, Luuk anzusehen.

Er fängt an zu kichern. »Du meinst wohl, dass du blöd gewesen bist. Ach Kate, was soll ich nur mit dir machen?«

Luuk zieht mich an sich. Sein Kapuzenpulli reibt über meine Wange. Er fühlt sich klamm an, als ob er von draußen kommt.

»Bist du weggewesen?«, murmle ich.

»Wieso?«

»Weil du noch angezogen bist. Ich dachte, du schläfst schon.«

Nach kurzem Schweigen sagt er: »Ich habe Hausaufgaben gemacht. Ich muss sie nächste Woche abgeben.«

Luuk zeigt auf seinen Schreibtisch, der leer und aufgeräumt ist. »Ich wollte gerade schlafen gehen«, fügte er hinzu.

»Und dann kam ich«, sage ich.

»Ja«, sagt er langsam. »Dann kamst du.«

Ich kichere.

»Bist du betrunken?«, fragt Luuk und küsst mich am Hals.

»Ein bisschen.«

»Pfui!« Er zieht mich zu seinem Bett. »Dann muss ich dich schon wieder bestrafen.«

»Oh, jetzt habe ich aber Angst«, sage ich herausfordernd.

»Die solltest du auch haben, wenn du schlau bist«, sagt er leise, schubst mich auf sein Bett und zieht mir die Turnschuhe aus.

Ich möchte ihn umarmen und küssen, aber er wehrt mich ab.

»Nicht bewegen«, sagt er.

Lachend gehorche ich.

Er knöpft meine Jeans auf. Mit einem Ruck zieht er gleichzeitig meine Hose und Unterhose aus. Langsam, ohne Eile streichelt er meine Oberschenkel aufwärts.

Ein Schauer läuft über meinen Körper.

»Gut so?«

Atemlos nicke ich.

Luuk zieht mir den Pulli über den Kopf und öffnet meinen BH. Dann liege ich nackt vor ihm. Ganz zuletzt zieht er das Haargummi aus meinem Haar. Er sieht zu, wie mein Haar über das Kissen fällt.

»Du hast wunderschönes Haar«, murmelt er.

Er legt die Hände auf meinen Bauch und fängt an, mich zu massieren. Seine Hände wandern immer höher bis zu meinen Brüsten und drücken immer fester.

Ich schließe die Augen und genieße.

Wenig später spüre ich, wie Luuk eine Haarsträhne packt.

Erschrocken öffne ich die Augen. Bin ich eingeschlafen?

Er zieht so fest an meinem Haar, das es fast wehtut.

»Was ...?«, stammle ich.

»Schscht, halt still.« Luuk legt wie ein Bildhauer eine Strähne nach der anderen über meine Schulter, meinen Hals, meine Brüste. Schweigend sieht er mich so lange an, dass es mir fast unangenehm wird.

»Luuk?«, frage ich mit schwerer Zunge. Ich stütze mich auf die Ellenbogen, wodurch mein Haar über meine Schultern fällt.

»Du bist so schön«, sagt er sanft. »Was soll ich nur mit dir machen?«

Blitzschnell lässt er seine Klamotten auf den Boden fallen und zieht mich an sich heran. Ich kann seine Erregung spüren.

Er greift mit einer Hand in mein Haar, mit der anderen unter meinen Po. Sein Blick ist so intensiv, dass ich erröte.

»Soll ich weitermachen?«, fragt er mit rauer Stimme.

Es fiele mir nicht ein, Nein zu sagen. Ich nicke.

»Oh, Kate!«, murmelt er.

Seine Wärme dringt in mich ein und ich klammere mich schwindelig an ihn.

Das Tageslicht schmerzt in meinen Augen. Stöhnend verstecke ich den Kopf unterm Kissen.

Bilder von gestern Abend schießen mir durch den Kopf. Die Party bei Maddy. Der Streit mit Britt. Luuk, der mich massiert und sich auf mich rollt. Danach wird es schwarz in meinem Kopf, als ob ich einen Filmriss gehabt hätte. Wie peinlich!

Dann hättest du halt nicht so viel trinken sollen, sagt eine Stimme in meinem Kopf.

Halt den Mund, denke ich.

Meine Hand tastet nach Luuk, doch seine Seite des Bettes ist kalt, als ob er schon vor Stunden aufgestanden ist. Wo ist er bloß?

Ich setze mich auf. Eine Steinlawine wälzt sich durch meinen Schädel und ich befürchte, mich übergeben zu müssen. Bewegungslos warte ich, bis die Übelkeit vorbeigeht.

Ich nehme das Glas Wasser, das auf Luuks Nachttisch steht, und trinke es in einem Zug aus. Es schmeckt abgestanden und komisch, sodass ich mich dadurch nur noch schlechter fühle. Ob Luuk irgendwo Paracetamol hat?

Ich suche in seinem Nachttisch. Eine Sportuhr, Pfefferminzbonbons und eine Taschenlampe. Aber keine Schachtel mit Schmerztabletten. Mist. Ich schwinge meine Beine aus dem Bett und stehe auf. Schwindelig gehe ich zum Schreibtisch. Mit einem Finger ziehe ich die oberste Schublade auf. Es fühlt sich an, als ob ich etwas Verbotenes tue.

Mit einem Blick erfasse ich den Inhalt der Schublade. Umschläge, Umschläge und noch mehr Umschläge. Ein Trainingsplan vom Hockey. Ein Bogen Briefmarken. Nichts Interessantes dabei.

Ich schiebe die Schublade zu und will die nächste öffnen, doch die bewegt sich nicht, als ob sie klemmt. *Oder als ob sie abgeschlossen ist.*

Merkwürdigerweise kann ich plötzlich an nichts anderes mehr denken. Ob die Schublade wirklich abgeschlossen ist? Nur warum? Ich blicke um mich und ziehe dann die oberste Schublade so weit nach vorn, dass ich in die darunter gucken kann.

Ich starre in ein dunkles Loch.

Es knarzt etwas im Flur.

Das Geräusch ist nur kurz zu hören und verklingt dann. *Lass das, Kate.* Aber ich kann nicht. Ich warte noch einen Moment und schiebe meinen Arm dann in die Öffnung zwischen den zwei Schubladen.

Meine Finger tasten umher. Ich fühle Stifte, einen Notizblock und eine Plastikmappe. Meine Hand gleitet in die Mappe: Fotos und ausgerissene Blätter. Ich kann nur raten, was darauf ist. Ich suche weiter. Ganz hinten in der Schublade berühren meine Finger eine Plastiktasche. Es ist etwas darin, aber ich komme nicht gut dran. Ich mache meinen Arm noch etwas länger und fühle das Ende eines runden, schweren Gegenstands wie eine Taschenlampe oder …

Klick. Das Geräusch der Türklinke, die heruntergedrückt wird. Blitzschnell ziehe ich meinen Arm zurück und schiebe die Schublade geräuschvoll zu. Mit klopfendem Herzen drehe ich mich um.

»Du bist ja wach.« Luuk steht in der Tür. Ob er wohl etwas gesehen hat?

»Suchst du was?« Seine Stimme klingt härter als sonst. Oder liegt das an meinen Kopfschmerzen?

»Paracetamol«, bringe ich nur heraus.

»Die liegen da.« Er zeigt zur Tür.

»Hä?«

»Im Badezimmer.«

»Ach ja, na klar.«

Er lächelt mich an.

Ich lächle zurück, während ich denke: Was weiß ich eigentlich von dir? Dass du in die Elfte des Gerrit-van-der-Veen-Gymnasiums gehst, Hockey spielst und gut küssen kannst. Abgesehen davon weiß ich so gut wie nichts von dir.

»Du, es ist halb eins.« Luuk sieht auf die Uhr, als würde ich ihm das sonst nicht glauben. »Ich muss jetzt echt was tun, sonst wird das nichts mit meinen Hausaufgaben.«

Ich versuche zu erkennen, ob das ein Scherz sein soll, aber er guckt mich einfach nur an. So langsam dringt zu mir durch, dass ich wohl gerade rausgeschmissen werde. Ich bin gleichzeitig sauer und traurig.

»Okay, dann geh ich wohl mal. Ich muss auch noch alles Mögliche machen«, lüge ich.

Luuk wartet, bis ich mich angezogen habe.

»Hast du Lust, nachher zu mir zu kommen? Meine Eltern sind übers Wochenende weg«, sage ich, während ich meine Schuhe zubinde.

»Vielleicht komme ich mal vorbei«, sagt er achselzuckend.

»Aber rechne eher nicht damit, ich habe echt noch viel zu tun.« Er gibt mir einen flüchtigen Kuss auf die Wange. »Tschüss.«

»Äh, ja, ciao.«

Ich gehe zur Tür und kann mich des Gefühls nicht erwehren, dass sich zwischen uns etwas für immer verändert hat. Und ich verstehe nicht, warum.

Leise schlüpfe ich in den Flur. Auf halbem Weg bleibe ich stehen, nicht nur, weil mir schwindelig ist und ich Kopfschmerzen habe, sondern auch weil ich hoffe, dass Luuk mir hinterherkommt.

Aber er kommt nicht.

Ich kann mich nicht erinnern, mich je so einsam gefühlt zu haben.

Kapitel 10

Es ist kalt und still zu Hause. Wie soll ich dieses Wochenende bloß überstehen? Ich lasse meine Jacke und die Tasche mit den Schlafsachen auf den Boden fallen und gehe in die Küche. Auf dem Tisch liegt wieder eine Nachricht von meiner Mutter.

Kate, meine Süße,
war es nett? Ich habe der Nachbarin gesagt, dass du alleine zu Hause bist.
Rufst du mich bitte an, wenn etwas ist? Bis morgen, mein Schatz!
Xxx Mama & Papa

Typisch mein Vater: seinen Namen unter den Brief setzen, aber nicht einmal fragen, wie es mir geht.

Seufzend gehe ich zum Küchenschrank. Aus der Schublade nehme ich zwei Paracetamol, werfe sie mit ein paar Schlucken Wasser ein und trotte dann nach oben.

In meinem Zimmer ist es düster durch das graue Mittagslicht. Ich lasse mich mit Schuhen und allem aufs Bett fallen und angle mein Handy aus der Hosentasche. Ich starre ein Weilchen drauf. Keine Nachrichten. Kein »Sorry, ich hab's nicht so gemeint« von Britt. Kein »Ich vermisse dich« von Luuk. Gar nichts. Es fühlt sich an, als ob mein Leben zu Ende ist.

Aus einem Impuls heraus mache ich ein Foto von mir. Ich sehe aus wie eine Leiche, blass und mit Augenringen. Spontan fällt mir ein Text dazu ein: I CAN'T, I'M DONE, I GIVE UP.

Mit einem Fingertippen setze ich das Foto mit der Unterschrift auf Instagram. *»Happy weekend«*, denke ich. Ich hoffe, dass Britt und Luuk das Foto sehen und sich schuldig fühlen.

Ich mache mein Handy aus und schließe die Augen. Tränen kribbeln unter meinen Lidern, darum kneife ich die Augen noch fester zu.

Ich träume von einem verlassenen, dunklen Krankenhausflur. Ich träume von meiner Mutter, die in einem Krankenhausbett liegt mit einer Infusionsnadel im Arm. »Es tut mir leid, die Ergebnisse waren nicht gut«, sagt sie. »Der Krebs hat gestreut.«

Ich breche in Tränen aus und laufe weg, immer schneller und schneller. Plötzlich stehe ich draußen. An einem Grab. Es muss gerade erst ausgehoben worden sein, denn es liegt ein großer Erdhaufen daneben. *Mama ...* Ich traue mich eigentlich nicht zu gucken, aber ich tue es doch. Das Grab ist leer! Fassungslos bleibe ich stehen. Ein kalter Luftzug streicht um meine Beine, als ob sich jemand in dem Grab bewegt. Im Bruchteil einer Sekunde checke ich, was passieren wird, doch es ist schon zu spät. Eine Hand schießt aus dem Grab empor und zieht mich hinein.

Schweißgebadet wache ich auf. Es ist dunkel und kalt in meinem Zimmer. Auf meinem Radiowecker sehe ich, dass es Viertel nach sechs ist. Ich habe mehr als drei Stunden geschlafen. Ich rolle mich auf meine Bettdecke. Es war nur ein Traum, sage ich mir. Nichts passiert.

Ich starre vor mich hin. Mein Vorhang flattert im Wind. Plötzlich wird mir eiskalt. Hier stimmt etwas nicht. Ich habe das Fenster doch gar nicht aufgemacht, als ich nach Hause kam?

Das Herz klopft mir bis zum Hals. Das hast du tatsächlich nicht, scheint es sagen zu wollen. Du bist nach oben gelaufen und hast dich sofort auf dein Bett geworfen.

Mit trockenem Mund knipse ich die Nachttischlampe an. Die Dunkelheit zerfällt in lange Schatten, wodurch mein Zimmer noch gruseliger aussieht als vorher. In einem Moment aufsteigender Panik erwäge ich, die Polizei anzurufen. Doch gleich darauf muss ich über mich lachen. Was würde ich wohl sagen? Dass ich alleine zu Hause bin und mein Fenster offen steht? Da würde ich mich ja schön blamieren!

Ich schwinge mich aus dem Bett und gehe zum Fenster. »Hallo?«, rufe ich. Als ob ein Einbrecher dadurch verschwinden würde. Vorsichtig strecke ich meinen Kopf ein Stück weit aus dem Fenster. Ich sehe das Flachdach des Anbaus, unseren Garten, den großen Baum am Zaun. Die Äste peitschen im tosenden Wind. Vielleicht war mein Fenster nur angelehnt und wurde aufgeweht. Es gibt hierfür sicher eine ganz normale Erklärung.

Doch so richtig beruhigt bin ich noch nicht.

Ich werfe das Fenster geräuschvoll zu. Ich mache alle Lichter in meinem Zimmer an und gehe nach unten. Die Treppenstufen knarzen, irgendwo auf der Straße fährt ein Auto an.

»Ist da jemand?«, rufe ich.

Vor der geschlossenen Wohnzimmertür bleibe ich stehen. Ich höre ein unbekanntes Ticken und halte den Atem an. Das Geräusch ist genauso schnell wieder weg, wie es gekommen ist. »Komm schon, Kate«, sage ich streng zu mir selbst. »Es ist halb sieben. Was kann da schon passieren? Wahrscheinlich war es ein Heizungsrohr oder so.«

Ich öffne die Tür gerade weit genug, um hineinlinsen zu können. Alles sieht aus wie immer. Und da ist niemand.

Natürlich nicht. Was bin ich bescheuert!

Vielleicht hat Britt recht und ich mache mir meine Probleme tatsächlich größtenteils selbst. Aber das werde ich ihr sicher nicht ...

Das Klingeln kommt so unerwartet und ist so laut, dass ich zusammenfahre. Einen Moment lang bin ich unfähig, mich zu bewegen. Es klingelt noch einmal und dann klopft jemand ungeduldig an die Tür.

»Ja, ja, ich komme ja schon!«, rufe ich mit Krächzstimme.

Ich gehe in den Flur. Durch die Milchglasscheibe sehe ich eine dunkle Silhouette. Luuk, ist mein erster Gedanke. Er ist doch gekommen! Die Erleichterung breitet sich in Wellen in meinem Körper aus. Es wird doch alles gut, das weiß ich auf einmal ganz sicher. Ich kann nicht schnell genug zur Tür kommen.

Mit einem breiten Lächeln öffne ich. »Hallo«, sage ich.

»Hallo, Kate.« Ein kalter Windstoß kommt zusammen mit einer dunklen Gestalt herein.

Kate weilt nicht mehr unter uns.

Heute Abend habe ich Abschied von ihr genommen. Wie leicht das ging! Kate öffnete die Tür. Sie sah nicht verängstigt oder erschrocken aus. Sie lächelte sogar, als ich zur Tür hereinkam.

Erst ein paar Sekunden später bemerkte sie das Fleischmesser in meiner Hand und fing an zu schreien. Aber da war die Tür schon zu.

Ich habe sie wählen lassen: Entweder sie geht selbst nach oben, dann passiert ihr nichts, oder ich zwinge sie dazu mit diesem Messer, aber dann garantiere ich für nichts.

Sie ging selbst die Treppe hoch, das brave Mädchen.

Wir sind in ihr Zimmer gegangen. Ich wurde immer aufgeregter. Ich musste mich zwingen, nichts zu überstürzen.

Zuerst habe ich mit ihr geredet. Ihr alles erklärt. Langsam wurde es ihr klar. Sie fing an zu weinen. Ihre Schultern zuckten völlig haltlos.

Keine Hoffnung mehr. Kein Ausweg.

Ich nahm die Spritze aus meiner Jackentasche. »Gib mir deinen Arm«, sagte ich und nahm die Abdeckung von der Nadel.

Sie wich zurück, bis sie mit dem Rücken an der Wand stand. Ihr Blick schoss in Todesangst hin und her.

»Du entkommst mir nicht, Kate.« Ich wedelte mit dem Messer vor ihren Augen herum. »Du willst doch nicht, dass deine Eltern dich so finden? Das ganze Blut, die Schweinerei, das werden sie für den Rest ihres Lebens nicht mehr vergessen.«

Den Rest überließ ich ihrer Fantasie. Es funktionierte. Schluchzend ließ sie sich auf den Boden fallen, als könne sie die Wahrheit nicht länger ertragen.

Jetzt musste ich es nur noch durchziehen, ohne zu zögern. »Es tut nicht weh, versprochen.« Ich ging zu ihr und nahm ihren Arm.

Sie wehrte sich halbherzig. Ich drückte die Nadel durch die Haut zwischen ihrem Zeige- und Mittelfinger. Mit einmal Drücken injizierte ich ihr die Flüssigkeit. Ein kleines Blutströpfchen quoll aus dem Einstichloch. Ich wischte es mit dem Daumen weg und schon war die Wunde nicht mehr zu sehen. Niemand würde sie je finden.

»Gut gemacht«, sagte ich. »Siehst du, war gar nicht schlimm.«

Es war merkwürdig dabei zuzusehen, wie schnell das Dormicum wirkte. Nach wenigen Sekunden senkten sich ihre Lider und ihr Kopf kippte nach vorn.

»Kate?«, rief ich.

Sie murmelte etwas Unverständliches.

»Wir gehen jetzt schön in die Badewanne«, sagte ich. »Komm.«

Ich zog sie unter den Achseln hoch. Wie ein Zombie ließ sie sich ins Badezimmer führen. Sie stützte sich mit vollem Gewicht auf mich. Ich war erstaunt über meine Kraft.

Ich ließ die Wanne volllaufen und kontrollierte die Wassertemperatur mit dem Ellenbogen. Sie war genau richtig.

»Nur zu«, sagte ich leise.

Ganz vorsichtig ließ ich sie in die Wanne steigen, komplett angezogen. Es sah so aus, als sei sie betrunken oder stoned.

Mit geschlossenen Augen trieb sie im Wasser. Ihr Pulli wölbte sich wie ein Ballon und ihr Haar waberte wie Algen um ihr Gesicht.

Ich nahm ein Rasiermesser vom Waschtisch, wahrscheinlich von ihrem Vater.

»Jetzt tut es vielleicht kurz weh«, sagte ich, nahm ihren Arm aus dem Wasser und schob ihren Ärmel hoch.

Ich setzte das Rasiermesser in Längsrichtung auf ihrem Handgelenk an. Gut, jetzt nur noch schneiden. Meine Hände fingen an zu zittern und mir wurde übel.

»Nicht zögern«, sagte ich mir. »Tu's einfach!«

Ich holte tief Luft und drückte die Klinge durch ihre Haut. Kurz befürchtete ich, dass sie sich wehren würde, aber es lief nur ein Zittern durch ihren Körper. In wenigen Sekunden war ich fertig.

Ich legte den Arm in das warme Badewasser zurück und wandte meinen Blick ab. Ich gönnte Kate ein wenig Privatsphäre.

Durch den Dampf im Badezimmer wurde alles so weich und unwirklich. Sogar Kates Stöhnen wirkte dadurch leiser.

Nach ein paar Minuten wurde es still.

Sie war tot. Wirklich tot.

Was fühlte ich? Erleichterung? Traurigkeit? Reue? Wut? Seltsamerweise fühlte ich nichts, als hätte ich überhaupt keine Gefühle mehr. Ich war bloß müde.

Ich warf das Rasiermesser ins Wasser, damit es so aussah, als sei es ihr aus der Hand geglitten.

Meine Mission war beendet. Ich stand auf und ging hinaus. In meiner Schreibtischschublade lag die Namensliste. Aber ich wusste auswendig, wer die Nächste war ...

~~LEILA~~

~~KATE~~

- YARA

- TESS

- NOA

- DANIQUE

Kapitel 11

Yara

Ich fühle mich nicht gut. Oder anders gesagt: Ich fühle mich bestens, nur habe ich so gar keine Lust, in die Küche zu gehen. Ich höre auf der anderen Seite der Tür meine Mutter, meinen Vater und Finn reden. Die Familie ist vollständig versammelt ... Das finde ich morgens das Allerschlimmste.

Widerwillig öffne ich die Küchentür. Meine Eltern und mein Bruder starren mich an, als käme ich von einem anderen Planeten.

»Sag bloß! Du bist wach und sogar angezogen!«, sagt mein Vater. »Es geschehen noch Zeichen und Wunder!«

»Du hast exakt zwei Minuten und fünfzehn Sekunden zum Frühstücken«, sagt Finn grinsend. »Ein neuer Rekord. Im negativen Sinne, meine ich natürlich.«

»Ja, ja.« Ich lasse mich auf den Stuhl fallen und schnappe mir eine Scheibe Brot aus der Tüte. »Weiß ich selber. Mein Wecker hat nicht geklingelt«, lüge ich.

»Guten Morgen, Yara«, sagt meine Mutter mürrisch. »Hast du gut geschlafen?«

»Ganz okay.« Ich schmiere mir dick Nutella aufs Brot.

Meine Mutter wendet sich Finn zu, als hätte sie das Interesse an mir verloren. »Hast du eine anstrengende Woche vor dir, mein Schatz?«

»Ich halte morgen ein Referat«, sagt Finn. »Und am Freitag schreiben wir Bio.«

Meine Mutter nickt und tut so, als sei alles superwichtig, was Finn erzählt.

Ich gucke heimlich unterm Tisch aufs Handy.

Morgen, schicke ich Romee.

Wie gehts?, schickt sie innerhalb einer Sekunde zurück.

👎

Warum?

I hate my parents

»Yara!«

Erschrocken sehe ich auf.

»Legst du bitte das Handy weg?«, sagt mein Vater. »Wir sind beim Frühstück.«

»Aber Papa, das ist echt wichtig. Ich habe Romee gefragt, ob wir erste Stunde haben. Van Kesteren war gestern krank«, improvisiere ich.

»Yara, jetzt!«

»Okay.« Seufzend stecke ich das Handy ein.

»Das kannst du auch einfach auf der Webseite checken.« Finn sieht mich spöttisch an. »Schon vergessen?«

»Ich weiß mein Passwort nicht mehr.« Ich werfe Finn einen bösen Blick zu, den er ignoriert.

Ich schiebe den Teller mit dem unangerührten Brot von mir. »Tut mir leid, ich muss los. Bis heute Mittag!«

»Du weißt hoffentlich noch, was wir besprochen hatten?«, fragt meine Mutter.

Ich habe keine Ahnung, wovon sie spricht. »Äh, nein?«

»Du wolltest dein Zimmer aufräumen, erinnerst du dich? Ich traue mich nicht einmal mehr, deine Klamotten in den Schrank zu legen, so ein Saustall ist es.«

»Jahaaa, aber es ist doch mein Zimmer.«

»Das sich zufällig in unserem Haus befindet. Und da gelten unsere Regeln. Ach, Yara«, seufzt meine Mutter. »Warum bist du immer so bockig?«

Ich hasse es, wenn meine Mutter das sagt, und sie sagt es so oft. Als wäre ich der größte Misserfolg ihres Lebens. »Warum nervst du denn immer so?« Ich gehe mit großen Schritten zur Tür.

»Antworte deiner Mutter«, sagt mein Vater warnend.

»Ich hab doch gesagt, dass ich mein Zimmer aufräumen werde. Ihr hört mir einfach nicht zu!«

Mein Vater seufzt und schüttelt den Kopf, als machte ich ihn furchtbar müde.

»Tschüss, Schwesterherz«, sagt Finn lachend. »Es war wieder urgemütlich.«

»Ja, tschühüss!«, rufe ich über die Schulter und werfe die Tür zu.

Auf dem Weg zur Schule regnet es. Meine Hose ist klatschnass, als ich mein Rad in den Fahrradstellplatz schmeiße und zum Eingang renne. Keuchend laufe ich zum Matheraum, der ganz am Ende des Flurs liegt. Es klingelt, als ich auf halbem Weg bin. Oh nein, jetzt ist echt alles zu spät! Van Kesteren ist so ein Ekelpaket. Seufzend bringe ich die letzten Meter hinter mich.

»Ich hatte einen Platten«, murmle ich, als ich in die Klasse komme. »Da lag Glas auf dem Radweg und ...«

»Setz dich einfach schnell«, unterbricht mich van Kesteren. »Dann können wir anfangen.«

Verwundert spare ich mir den Rest meiner Ausrede. Keine Predigt? Keinen Brief? Ist er krank? Schnell gehe ich zu meinem Platz neben Romee, bevor er es sich anders überlegt.

Van Kesteren sieht uns alle an und räuspert sich. »Heute Morgen hat uns die traurige Neuigkeit erreicht, dass eine unserer Schülerinnen verstorben ist. Kate van den Bosch aus eurer Parallelklasse.«

Es tritt eine lange, fassungslose Stille ein.

Van Kesteren verzieht angespannt den Mund. »Sie hat sich am Wochenende das Leben genommen.«

Es wird noch stiller. Der Regen, der gegen das Fenster prasselt, macht die Welt draußen grau.

»Es tut mir sehr leid.« Er sinkt auf seinen Stuhl und spricht weiter, doch ich höre ihn nicht mehr.

Ich suche in meinem Kopf nach einem Bild von Kate. Aber weiter, als dass sie ein Mädchen mit schulterlangem blondem Haar gewesen ist, komme ich nicht. Ich fühle mich deshalb fast schuldig.

Meine Gedanken kehren ins Klassenzimmer zurück. »Es ist wichtig, darüber zu sprechen«, sagt van Kesteren. »Ihr könnt mich jederzeit alles fragen. Fresst eure Gefühle bitte nicht in euch hinein.«

Jasper meldet sich. »Ich habe eine Frage. Wie hat sie's denn getan?«

»Entschuldigung, ich verstehe nicht ganz«, fragt van Kesteren zögernd. »Was meinst du genau?«

»Wie hat sie's getan?«, wiederholt Jasper. »Hat sie sich auch erhängt wie das andere Mädchen?«

»Es tut mir leid, aber die Einzelheiten kenne ich nicht. Es ist sehr tragisch, dass wir innerhalb so kurzer Zeit zwei Schülerinnen durch Selbstmord verloren haben. Aber die beiden Fälle ha-

ben nichts miteinander zu tun. Habe ich damit deine Frage beant-
wortet?«

Jasper zuckt mit den Achseln.

»Gut.« Van Kesteren sieht erleichtert aus. »Ihr dürft diese
Stunde für euch selbst nutzen. Ein Buch lesen. Euch unterhalten.
Was ihr möchtet.«

Die Schüler sehen sich untereinander unbehaglich an, als
wolle niemand als Erster etwas sagen.

Romee stößt mich an. »Kate ist das Mädchen von dem Foto mit
Max«, flüstert sie.

»Was? Echt jetzt?«, flüstere ich zurück.

Sofie, die vor uns sitzt, dreht sich um. »Ich habe sie Freitag-
abend bei Maddys Geburtstagsparty gesehen«, sagt sie. »Sie hat
jemandem zwischen die Beine getreten.«

»Oh mein Gott! Hat die sie noch alle?«, ruft Romee.

Die ganze Klasse redet jetzt durcheinander.

Van Kesteren steht auf. »Leute, ginge das etwas leiser?«

Niemand hört auf ihn.

»Leute, bitte!« Einen Moment lang sieht es so aus, als würde
van Kesteren in Tränen ausbrechen. »Sonst müsst ihr gleich die
Aufgaben in Kapitel 9 machen.«

Sofort wird es still.

Ich bin heute einfach wie immer zur Schule gegangen. Ich lächle jeden an und tue so, als ob nichts wäre. Dabei kann ich nur noch an den Brief denken, den ich eingeworfen habe. Es geht wieder los ...

Kapitel 12

Im Supermarkt ist viel los. Es ist große Pause und die halbe Schule läuft hier rum. Romee und ich werfen unsere Schultaschen in die blaue Kiste am Eingang, die schon überquillt.

»Vergiss den Korb nicht«, zischt Romee. »Sonst werden wir wieder rausgeschmissen.«

Mit einem Korb in der Hand gehen wir durch die Schwenktüren. In der Fleischwaren- und Käseabteilung stehen Probierschälchen auf dem Tresen. Ich schnappe mir zwei Scheiben Wurst vom Teller und stopfe sie mir auf einmal in den Mund.

Romee nimmt eine Handvoll Käsewürfel. »Ich hab so einen Hunger«, sagt sie mit vollem Mund und rülpst.

»Igitt, das ist echt eklig«, sage ich.

»I know«, sagt Romee grinsend und nimmt noch ein paar Käsewürfel. Jetzt ist das Schälchen leer.

Wir gehen in die Brotabteilung.

Die Frau hinterm Tresen sieht uns zutiefst misstrauisch an.

»Was nimmst du?«, fragt Romee, während sie die Fächer mit Backwaren inspiziert. »Ein Käse-Schinken-Croissant oder ein Schokocroissant?«

»Ein Käse-Schinken-Croissant.«

»Ich auch.«

Am liebsten würde ich die Croissants mit der Hand aus dem Fach nehmen, aber die blöde Verkäuferin beobachtet uns immer noch. Mit einer Zange wurschtle ich die zwei Croissants in ein Plastiktütchen, wobei ich ihr einen genervten Blick zuwerfe.

»Lass uns gehen«, sage ich zu Romee.

»Tschühüss!« Romee winkt der Verkäuferin zu. »Bis morgen! Es war wieder nett bei Ihnen.«

Die Frau wendet sich mürrisch ab.

»Oh mein Gott«, sagt Romee. »Hast du gesehen, wie die geguckt hat?«

»Die kann uns nicht ausstehen.«

Prustend gehen wir zur Kasse. Über Kasse 4 hängt ein Schild: SCHÜLER HIER BEZAHLEN. Wir stellen uns hinten an die lange Schlange an, hinter einem Jungen mit kurzem blondem Haar. An den anderen Kassen steht niemand.

»Das ist diskriminierend.« Romee seufzt und guckt auf ihr Handy. »In fünf Minuten fängt die nächste Stunde schon an.«

Ich hole mein Handy heraus und checke meine Nachrichten.

»Ihre Eltern haben sie Sonntag gefunden«, schnappe ich plötzlich auf.

Neugierig sehe ich mich um. Zwei Jungen in der Kassenschlange unterhalten sich laut.

»Hast du sie gekannt?«, fragt der linke Junge.

»Nee, Mann, sie war eine Klasse höher. Ich hab das von Martin gehört. Sein Freund wohnt bei dieser Kate in der Straße.«

Heilige Scheiße! Sie reden über das Mädchen! Ich sehe, dass Romee auch lauscht.

»Wusstest du, dass sie sich in der Badewanne die Pulsadern aufgeschnitten hat?«

»Wow, nee«, sagt sein Freund und pfeift. »Das ist ja krank. Da muss man echt gestört sein, wenn man das tut.«

Es ist jetzt totenstill in der Schlange, als ob niemand etwas von dem Gespräch verpassen will.

Der andere Junge nickt. »Und eine Stunde vor ihrem Tod hat sie noch ein Foto auf Instagram gepostet, dass sie das Leben nicht erträgt. Freaky, oder?«

Die Jungen bezahlen und verlassen den Laden. Ich bedaure, dass ich den Rest des Gesprächs nicht hören kann. Der Junge vor uns kauft eine Packung Kaugummi und dann sind wir dran.

»Das macht ein Euro siebzig«, sagt die Kassiererin.

Ich bin dran mit Bezahlen. Ich fummle in meiner Jackentasche nach Geld. Kopfschüttelnd sieht die Kassiererin den Berg Kleingeld an, den ich ablege. Sie kann mich sichtlich nicht ausstehen, aber das ist mir wurscht.

»Danke«, sagt sie seufzend und zählt das Geld. »Schönen Tag noch.«

Ich schneide eine Grimasse und gehe hinter Romee her nach draußen.

»Hattest du das von Kates Instagram-Foto schon gehört?«, frage ich, während ich den Reißverschluss meiner Jacke noch weiter zuziehe.

»Nein.« Romee beißt von ihrem Croissant ab und sagt mit vollem Mund: »Weißt du, was ich glaube?«

»Nee?«

»Ich glaube ...«, Romee senkt die Stimme. »Ich glaube, sie wollte gar nicht sterben.«

Erstaunt sehe ich sie an. »Hä? Versteh ich nicht. Aber sie hat sich doch umgebracht?«

»Wahrscheinlich hat sie das nur getan, um Aufmerksamkeit zu erregen«, sagt Romee überzeugt. »Sonst stellt man doch nicht so ein Foto von sich auf Instagram. Sorry, aber das ist echt arm.«

Ich bleibe stehen und sehe Romee an. Mit ihrer cremefarbenen Lederjacke und der teuren Markenjeans sieht sie makellos aus. Aber was sie sagt, klingt einfach nur hart und egoistisch.

»Was ist denn das für ein blöder Text?«, erwidere ich wütender als beabsichtigt. »Du kennst sie doch gar nicht.«

»Hallo, jetzt krieg dich mal wieder ein.« Romee sieht mich kopfschüttelnd an, als finde sie es albern, dass ich anderer Meinung bin als sie. »Ich sage einfach nur, was ich glaube. Was glaubst du denn?«

»Ich glaube, dass wir zu spät kommen«, sage ich, weil ich keine Lust mehr auf dieses Gespräch habe. »In einer Minute fängt die Stunde an.«

Es funktioniert. Romee hat Kate schon vergessen. »Shit, echt?«, ruft sie. »Banning bringt uns um, wenn wir zu spät kommen.« Sie fängt an zu laufen. »Wettrennen bis zur Schule?«

Kapitel 13

Ich stolpere fast über Finns Jacke, als ich zu Hause zur Tür rein-
komme. Genervt kicke ich sie von der Fußmatte. Warum sagt
meine Mutter nie zu Finn, dass er seinen Kram aufräumen soll?
Wenn meine Jacke hier liegen würde, würde sie direkt unter die
Decke gehen. Meine Mutter reagiert sich immer an mir ab, nie
kann ich es ihr recht machen. Manchmal macht mich das echt
wahnsinnig. Ich mache das Flurlicht an.

Und dann sehe ich plötzlich einen weißen Umschlag auf der
Fußmatte liegen. Er liegt dort ein bisschen einsam, als hätte der
Postbote vergessen, den Rest der Post einzuwerfen. Ich bücke
mich und hebe den Brief auf. Gedankenlos will ich ihn auf den
Tisch legen, als mir auf einmal mein Name in ordentlichen Blockbuchstaben ins Auge springt. Hä, für mich? Ist ja lustig. Neugierig
reiße ich den Umschlag auf. Er enthält einen gefalteten Zettel. Ich
mache ihn auf:

LIEBE YARA, WEISST DU EIGENTLICH, WER DU BIST?

Sekundenlang starre ich den Zettel an. Was für eine bescheuerte
Frage! Und ohne Absender. Ich rätsle, von wem er kommen
könnte. Mir fällt nur ein Name ein: Finn. Der dämliche Text ist ge-

nau sein Stil. Zum Valentinstag hatte er mir eine Karte geschickt, auf der ICH LIEBE DICH ... NICHT stand. Erst ein paar Tage später kam ich darauf, dass sie von ihm war. Aber diesmal falle ich nicht darauf rein.

Zwei Stufen auf einmal nehmend laufe ich die Treppe hoch und reiße Finns Zimmertür auf. Er sitzt am Schreibtisch.

»Was sind wir wieder lustig«, sage ich und wedle mit dem Brief.

»Kannst du nicht anklopfen? Ich mache Hausaufgaben«, antwortet Finn, dem es offensichtlich gar nicht passt, dass ich hier so hereinplatze.

»Du bist so ein Warmduscher«, sage ich höhnisch. »Dass dir das nicht zu blöd ist! Mir Briefe zu schicken.«

»Komm mal wieder runter«, fährt Finn mich an. »Wovon redest du?«

»Hiervon: ›Liebe Yara, weißt du eigentlich, wer du bist?‹«, lese ich ihm vor. »Haha, urkomisch! Not.«

Finn zeigt mir einen Vogel. »Glaubst du wirklich, dass ich dir solche Briefe schicke? Tut mir leid, aber dafür habe ich keine Zeit. Und jetzt geh mir damit nicht auf die Nerven. Ich habe morgen ein Referat. Und tschüss!«

Man muss es ihm lassen, er kann sehr überzeugend lügen. Fast wäre ich drauf reingefallen, aber nur fast.

»Lügner!« Ich lasse den Brief auf den Boden fallen. »Räum deinen Kram selber auf. Tschüss!«

»Wie du meinst!«, ruft Finn. »Du bist echt so gestört!«

Ich knalle die Tür zu und gehe in mein Zimmer. Die Vorhänge sind noch zu, wodurch es hier ziemlich düster ist. Wütend gucke ich mich in meinem Saustall um. Aufräumen ... Warum tut meine Mutter mir das an? Glaubt sie wirklich, dass dadurch alles besser wird?

Ich kicke gegen ein Kissen. Es prallt gegen mein Bett und fällt auf den Boden. Meine Mutter hat nichts dazu gesagt, wie ich aufräumen soll. Auf einmal weiß ich gar nicht, wo ich anfangen soll. Mit den Füßen schiebe ich so viel Krempel wie möglich unters Bett. Ich ziehe meine Bettdecke so darüber, dass es nicht auffällt. Die schmutzige Wäsche hebe ich auf und stopfe sie in den Kleiderschrank. Nagellackfläschchen, Zeitschriften, ein braunes Apfelgehäuse, alles werfe ich in eine Ecke. Zu guter Letzt setze ich mein altes rosa Plüschkaninchen auf die Fensterbank und ziehe die Vorhänge auf.

Regentropfen glitzern auf der Fensterscheibe, wodurch alles draußen unscharf aussieht. Ich grinse mein Spiegelbild an.

So, das wäre geschafft! Soll meine Mutter noch mal was sagen.

Ich liege auf meinem Bett und gucke zum Fenster raus. Der Regen klebt an der Fensterscheibe. Irgendwo jenseits dieses Fensters ist Yara. Wahrscheinlich hat sie den ersten Brief inzwischen gefunden. Ob sie erschrocken ist? Oder ob sie ihn für einen Scherz hält? Egal. Sie entkommt ihrem Schicksal sowieso nicht.

Es ist merkwürdig, ein neues Mädchen zu haben. Ich muss sie wieder ganz neu kennenlernen. Ihre Stimme ist so kräftig und laut. Und sie verhält sich, als sei die ganze Welt gegen sie. Aber ich werde ihr klarmachen, was ihr eigentliches Problem ist.

Heute Mittag bin ich ihr in den Supermarkt gefolgt. Ich war so nah dran, dass ich sie hätte berühren können. Aber sie hat mich wohl nicht gesehen. Sie war ganz mit sich selbst beschäftigt. Sie lachte diese Freundin an und strich sich eine Haarsträhne aus dem Gesicht.

Ich hätte schreien wollen: »Blöde Ziege! Hier gibt es nichts zu lachen!« Doch ich hielt den Mund und schlüpfte wieder nach draußen. Wir werden uns bald kennenlernen, Yara und ich, genau nach Plan. Ich schaffe es wohl, noch ein wenig Geduld aufzubringen. Aber nicht zu lange ...

Auf meinem Wecker ist es zehn nach sechs. Ich klicke die Kulimine ein und verstecke den Notizblock im Schreibtisch. Ich streiche mir durch die Haare und gehe in den Flur. Es ist totenstill auf dem Treppenabsatz. Ich rieche gebratenes Fleisch und Tomatensoße. Lasagne, tippe ich. Früher wäre ich jetzt in die Küche gerannt. Ich hätte meinen Finger zum Probieren in die Ofenform gesteckt. Ich hätte alle angelacht. Aber stattdessen stehe ich jetzt bloß bewegungslos an der Küchentür.

Ich versuche mir vorzustellen, dass jeder hier im Haus tot ist.

Dass ich der einzige Lebendige bin. Dass ich alle umgebracht habe. Es kostet mich kaum Mühe.

Die Küchentür geht auf. Ich fühle einen Luftstoß.

»Ah, du bist schon unten«, sagt meine Mutter lächelnd. An ihrem erstaunten Blick sehe ich, dass sie mich nicht hat kommen hören. »Ich wollte dich gerade rufen. Wir sitzen schon am Tisch. Es gibt Lasagne.«

Ich nehme wieder meine alte Rolle ein und lächle zurück. »Lecker, Mama, mein Lieblingsessen!«

»Weiß ich doch, mein Schatz.« Sie streicht mir übers Haar. »Was hast du heute Nachmittag gemacht?«

»Nichts Besonderes. Ich bin beim Training gewesen.«

Wir lächeln einander noch einmal an. So sehen wir wie eine ganz normale Familie aus.

»Was hast du da oben eigentlich gemacht?«, fragt meine Mutter. Sie sieht mich aufmerksam an.

Mein Herz setzt ein paar Schläge aus und Adrenalin schießt auf einmal durch meinen Körper. Ob sie etwas weiß? Aber ihr Blick ist neutral.

»Ach, nur Hausaufgaben«, lüge ich. »Komm, Mama, wollen wir nicht essen? Ich habe Riesenhunger!«

Kapitel 14

»Von wem ist das hier?« Herr Sietsema von Gemeinschaftskunde hält einen Zettel hoch. »Diesen Zettel habe ich letzte Woche nach eurer Stunde in diesem Raum gefunden. Und ich war entsetzt.«

Wir gucken mucksmäuschenstill das Blatt an.

»Oh, wie mutig!«, spottet Herr Sietsema. »Sich trauen, so etwas zu schreiben, aber dazu stehen dann doch lieber nicht.«

Es wird noch stiller in der Klasse.

»Entschuldigung?« Thomas hebt die Hand.

»Ja?« Herr Sietsema nickt ihm zu.

»Was steht denn auf dem Blatt? Ich weiß wirklich nicht, wovon Sie sprechen.« Er fragt das in einem so unschuldigen Ton, dass Herr Sietsema darauf reinfällt.

»Na gut«, seufzt er. »Da steht: ›Up or out‹. Und darunter stehen die Namen von drei Mitschülern, die ich an dieser Stelle nicht wiederholen werde.«

Ich weiß ganz genau, wessen Namen daraufstehen. Wahrscheinlich weiß die ganze Klasse das. Ein Foto des Zettels hatte Freitag auf Instagram gestanden, aber das weiß Herr Sietsema nicht. Jeder durfte abstimmen. Und an dem Gemurmel in der Klasse kann ich erahnen, wie viele das getan haben. Romee und ich auch.

»Ich dachte, dass wir an dieser Schule auf eine zivilisierte Art miteinander umgehen, aber da habe ich mich anscheinend getäuscht«, sagt Herr Sietsema.

Please, denke ich. Das meint er doch wohl nicht ernst? Schnallt der denn nicht, dass das nur ein Witz ist? Es machen so oft solche Listen die Runde. Romee und ich haben kürzlich auch eine gemacht. *Ranking the Nerds.* Oder eigentlich war es Romees Idee und ich habe sie dann auf Instagram gepostet.

»Wie würde es euch wohl gefallen, auf so einer Liste zu stehen?«, möchte Herr Sietsema wissen.

»Wenn ich *up* bin, immer!«, ruft jemand.

Einige Schüler können sich das Lachen nicht verkneifen, doch bevor ich sehen kann, wer, wird es schon wieder still.

»Leute, ich finde das überhaupt nicht lustig.« Herr Sietsema kreuzt die Arme vor der Brust. »Habt ihr auch nur ein Mal darüber nachgedacht, was ihr denjenigen damit womöglich antut?«

Er fängt an, lauter Fakten über Mobbing aufzulisten. Nach wenigen Minuten höre ich schon nicht mehr zu, so langweilig ist es. Mit etwas Pech füllt Herr Sietsema hiermit die ganze Stunde.

»Blablabla«, flüstert Romee neben mir. »Welche Autisten haben den Zettel eigentlich hier rumliegen lassen?«

»Sebas und Lex haben den gemacht«, flüstere ich noch leiser.

Ich sehe mich um. Sebas und Lex geben sich total interessiert an Herrn Sietsemas Vortrag, was unmöglich sein kann.

»Na prima«, schnaubt Romee. »Und jetzt haben sie uns alle da schön mit reingeritten.«

★ ★ ★

»Tee?«

»Ja, gerne.« Romee lässt sich auf einen Stuhl fallen. »Dann halte ich den Tisch hier besetzt.«

Ich gehe durch die übervolle Mensa zum Tresen und stelle mich hinten an die Schlange an.

Ich fühle mein Handy in der Tasche vibrieren und fische es heraus. Romee hat mir eine Nachricht geschickt.

Und ein gefülltes Croissant, please 👏👏👏

☕ *Wenn du zahlst,* tippe ich, während ich achtlos in der Schlange einen Schritt aufrücke. *Ich bin echt megapleite und ...*

»Pass auf!«, höre ich jemanden rufen.

»Hä, was?« Erschrocken gucke ich auf. Fast im selben Moment stoße ich mit Wucht gegen einen Jungen mit blonden Locken.

Sprachlos sehe ich ihn an. Wo kommt der denn plötzlich her?

»Mein Kaffee«, sagt er verdattert.

Erst jetzt sehe ich den leeren Plastikbecher in seiner Hand. Auf seinem Pulli hat er einen großen braunen Fleck.

Mit einem »Entschuldige, ich habe dich nicht gesehen«, versuche ich, den Kopf aus der Schlinge zu ziehen. »Jeder geht hier immer in die Richtung ...« Ich zeige nach vorne.

»Außer mir«, sagt er seufzend. »Aber das hast du natürlich nicht gesehen, weil du aufs Handy geguckt hast. Den Pulli kann ich jetzt wohl in die Tonne kloppen.«

»Tut mir echt leid«, sage ich noch einmal und versuche, schuldbewusst zu klingen.

Hauptsache, er denkt nicht, dass ich ihm jetzt einen neuen Pulli kaufe!

Da lächelt er. »Eigentlich sollte ich mich bei dir bedanken.«

»Hä?«

»Nein, wirklich. Den Pulli hat mir meine Mutter gestrickt und er ist einfach hässlich.«

Erleichtert fange ich an zu kichern. »Gern geschehen. Kein Ding.«

Ich will schon weitergehen, als er mir plötzlich seine Hand hinstreckt. »*By the way*, ich bin Kevin.«

Ich starre seine Hand an. Am liebsten würde ich einfach abhauen, aber ich kann ihn wohl kaum ignorieren. Ein bisschen widerwillig lege ich meine Hand in seine.

»Yara.«

»Yara, was für ein schöner Name. Den hört man selten«, sagt er lächelnd. »Und hat auch zwei Silben, wie meiner. Kevin und Yara.« Er spricht die Namen langsam aus, als ob er hören will, ob wir gut zusammenpassen. Ich zucke mit den Schultern, weil ich nicht weiß, wie ich sonst reagieren soll.

»In welche Klasse gehst du eigentlich?«, fragt er.

»In die Zehn b.«

Er nickt, als hätte ich die richtige Antwort gegeben. »Ich bin in der Elf a.«

»Ah, okay.« In all der Zeit, die ich in diese Schule gehe, habe ich ihn noch nie gesehen.

»Kevin, kommst du endlich?« Ein Junge mit kurzem blondem Haar und Sommersprossen unterbricht uns. »Wir müssen mit Volkswirtschaft anfangen.« Er guckt genervt in meine Richtung, als sei das meine Schuld.

Ja, ja, ich gehe ja schon, denke ich. Was für ein unentspannter Typ.

»Ich komm ja schon, Michael«, sagt Kevin lächelnd. Mir flüstert er zu: »Ich muss ihn mir warmhalten, ich habe nämlich keinen blassen Schimmer von makroökonomischen Modellen. Und wir müssen die Arbeit in einer Woche abgeben.«

»Viel Erfolg«, sage ich und gucke auf die Uhr. »Shit, in fünf Minuten ist die Pause schon vorbei.«

Kevin versteht den Hinweis. »Wir sehen uns«, sagt er und geht Michael hinterher.

Auf einmal tut er mir ein bisschen leid mit seinem fleckigen Pulli, deshalb rufe ich: »Hey, und wenn deine Mutter sauer ist, dann wasche ich den Pulli.«

Kevin dreht sich um. In seinem Blick flackert erneut Interesse auf.

Ich könnte mir die Zunge abbeißen. Was für ein dummer Spruch! Am Ende denkt er noch, dass ich das ernst meine.

Doch er sagt unverbindlich: »Gute Idee. Ich werd's mir merken.«

Ich sehe ihm nach, bis er zwischen den anderen Schülern verschwunden ist.

Mit Tee und gefüllten Croissants gehe ich zu Romee hinüber.

»Das hat ja Stunden gedauert.« Sie gähnt ausgiebig, als wäre sie fast eingeschlafen. »Mit wem hast du da gesprochen?«

»Ach, mit so 'nem Jungen.«

»Jahaha, das habe ich wohl gesehen. Und wie heißt er?«

»Kevin. Er geht in die Elf a.«

»Sieht nicht schlecht aus, findest du nicht?« Sie beißt in ihr Croissant.

»Ganz okay«, sage ich achselzuckend.

Romee sieht mich mit zusammengekniffenen Augen an, als ob sie mir nicht glaubt. Ich werde rot. Sie denkt doch wohl nicht, dass er mir gefällt?

»Hm«, sagt sie und ich kann heraushören, dass da noch was kommt. »Hat der 'ne Freundin?«

»Was weiß denn ich?«, frage ich schnippisch. »Frag ihn doch selbst.«

Kurz ist es still.

»Geht's noch?«, fragt Romee dann.

»Bestens, wenn du mich mit dem Typen in Ruhe lässt.«

Romee sieht mich unverwandt an. »Ja, und was ist dein Problem?«

Ich sage nichts, denn ich weiß es selbst nicht.

Kapitel 15

Ich dachte, dass Finn schon aus der Schule zurück wäre, aber seine Jacke liegt nicht auf dem Fußabtreter. Und ich dachte, dass meine Mutter heute frei hat, aber sie antwortet nicht, als ich sie rufe. Vielleicht ist sie einkaufen.

Yes, allein zu Hause! Ich gehe in die Küche und nehme eine Tüte Paprikachips aus dem Schrank. Aus dem Kühlschrank nehme ich eine Cola light. »Prost«, sage ich beim Öffnen zu mir selbst.

Die Stille antwortet nicht.

Gedankenverloren futtere ich die fettigen, salzigen Paprikachips. Ich könnte meine Hausaufgaben für morgen machen. Oder schon mit der Buchbesprechung für nächste Woche anfangen. Aber ich habe auf nichts Lust.

Ich wickle mir eine Haarsträhne um den Finger und lasse sie wieder los. Ich höre die Uhr im Flur ticken. Ich halte für dreißigmal Ticken die Luft an, bis ich fast ersticke. Der Kühlschrank neben mir brummt.

Plötzlich geht mir die Stille auf die Nerven. Ich nehme mein Handy und schicke Romee eine Nachricht: Hilfe!

Sie reagiert nicht. Obwohl sie offensichtlich online ist. Ob sie noch immer sauer auf mich ist? Ich gucke weiter aufs Handy, um zu sehen, ob nicht doch noch eine Nachricht kommt, aber dann springt ihr Status auf offline.

Es fühlt sich so an, als ob sie mich absichtlich ignoriert. Mit einem Seufzer lege ich das Handy auf die Arbeitsplatte. Vielleicht kann ich sie nachher ...

Pling.

Ein Glück, eine Nachricht von Romee! Ich kann gar nicht schnell genug mein Handy schnappen. Der Text auf dem Display ist jedoch so merkwürdig, dass ich ihn erst nicht verstehe:

Kevin Broekman hat dir eine Freundschaftsanfrage geschickt.

Schlagartig ist Romee vergessen und ich klicke auf die Nachricht. Vom Profilfoto guckt mich der Junge aus der Mensa an. Neben dem Foto stehen zwei Schaltflächen, auf denen BESTÄTIGEN und ANFRAGE LÖSCHEN steht.

Oh mein Gott, will er wirklich mit mir befreundet sein? Oder soll das nur ein Scherz sein? Es gibt nur eine Möglichkeit, das rauszufinden. Ich klicke auf BESTÄTIGEN.

Sofort bekomme ich eine Nachricht von Kevin im Messenger.

Hallo du

Hallo, schicke ich zögernd zurück.

An den tanzenden Pünktchen kann ich sehen, dass er mir gerade schreibt.

Gilt dein Angebot noch, meinen Pulli zu waschen? 😏

Shit, habe ich doch geahnt, dass sich das als Bumerang erweisen würde. Ich versuche blitzschnell zu überlegen, welche Antwort ich geben soll.

Wenn ich Nein sage, hält er mich sicher für eine arrogante Zicke. Wenn ich Ja sage, steht er hier nachher vor der Tür. Und das will ich auf gar keinen Fall ...

Vielleicht, tippe ich schließlich.

Ich komme einfach mal vorbei, wenn ich in der Gegend bin.

Du wohnst doch in Amsterdam-Süd, oder?

Ich starre auf den Text mit dem seltsamen Gefühl, dass hier was nicht stimmt. Woher weiß er, wo ich wohne?

Da kommt auch schon ein neuer Satz, als könne Kevin meine Gedanken lesen.

Wie der Rest der Schule, nehme ich an 😏

Oh, ach so ... Yep, Tatsache, schicke ich zurück.

Auf dem Bildschirm tut sich ein paar Sekunden lang nichts, dann erscheinen die Pünktchen wieder und er antwortet:

Ich muss los zum Hockeytraining.

Viel Spaß!

Thnx

Erleichtert sehe ich ihn von Facebook verschwinden. Vielleicht sollte ich ihn lieber wieder entfreunden, bevor er denkt, dass wir wirklich Freunde sind.

In dem Moment höre ich die Haustür auf- und zugehen und meine Mutter rufen: »Hallo, ich bin zu Hause!«

Schnell lasse ich das Handy in meiner Hosentasche verschwinden.

»Hallo, Mama«, sage ich, als sie in die Küche kommt. »Warst du einkaufen?«

»Ja.« Sie baut sich vor mir auf. »Yara, wir müssen reden.«

Ich weiß, dass ich jetzt rundgemacht werde. Ich will es bloß nicht hören. »Tut mir leid, Mama, ich muss Hausaufgaben machen. Geht's nicht später?«

»Nein.« Wenn du jetzt nicht gehorchst, werde ich richtig sauer, höre ich aus ihrer Stimme heraus.

»Wie du möchtest.« Ich verschränke die Arme vor der Brust und bringe durch meine Haltung zum Ausdruck, dass ich das alles eine Riesenzeitverschwendung finde.

»Du hast dich nicht an unsere Abmachung gehalten«, sagt sie.

Mein Gesicht fängt an zu prickeln. »Wie meinst du das?«

Sie seufzt sehr tief. »Was glaubst du eigentlich, Yara? Dass ich blöd bin und nicht sehen kann, dass dein Zimmer immer noch ein Saustall ist? Oder machst du das absichtlich, um mich zu ärgern?«

Ich starre sie einfach nur an und wünsche mir, dass sie den Mund hält.

»Was ist bloß in letzter Zeit mit dir los?«, fragt sie kopfschüttelnd. »Papa und ich machen uns Sorgen um dich.«

»Aber ich hab doch aufgeräumt!«, rufe ich und habe dabei das Gefühl, dass jemand mir die Luft abdrückt.

Meine Mutter hüstelt, als hätte sie sich verschluckt.

»Hör zu, Yara, so geht es nicht weiter. Du hast jetzt eine Woche Hausarrest. Keine Treffen mit Freundinnen, kein Sport, keine anderen netten Sachen.«

»Das ist nicht fair!« Mir steigen Tränen in die Augen.

»Doch. Unfair ist, dass du dich nicht an unsere Absprachen hältst«, sagt sie leise. »Wo ist nur das liebe Mädchen von früher geblieben?«

»Das gibt es nicht mehr!« Ich gehe mit großen Schritten zur Küchentür. All meine Wut steigt plötzlich in mir auf. »Warum muss ich immer nach deiner Pfeife tanzen? Warum kannst du mich nicht einfach so lieben, wie ich bin?«

»Ich liebe dich sehr«, sagt meine Mutter mit zitternder Stimme. »Damit hat das überhaupt nichts zu tun.«

»Du liebst nur Finn! Glaubst du wirklich, das merke ich nicht?« Ich wusste gar nicht, dass ich so gemein sein kann.

»Das ist nicht wahr!«, flüstert meine Mutter.

»Du lügst!« Ich stampfe zur Tür hinaus. »Ich hasse dich!«,

brülle ich, während ich die Treppe hochlaufe. Ich werfe die Zimmertür zu und lasse mich aufs Bett fallen. Wenn meine Mutter mir hinterherkäme, würde sie meine Tränen sehen. Aber sie kommt nicht.

Haringvlietstraat 49. Da wohnt sie also. Als ob ich das noch nicht gewusst hätte.

Kapitel 16

Ich falle durch die Nacht. Ich höre die Luft um mein Gesicht pfeifen. Meine Hände greifen ins Dunkel, aber da gibt es nichts, woran ich mich festhalten könnte.

Dann schlage ich auf dem Boden auf und schnappe nach Luft. Wo bin ich bloß? Alles ist so dunkel, so unnatürlich schwarz. Neben mir bewegt sich etwas, merke ich an der Luftbewegung. Ich will aufstehen und weglaufen, aber ich schaffe es nicht. Egal wie oft ich es versuche, meine Muskeln verweigern mir den Dienst.

Ein bleicher Fleck erscheint in der Dunkelheit. Er sieht aus wie ein Gesicht, nur, dass ich weder Augen noch Mund erkennen kann, nur vage Formen und Schatten. Lautlos kommt der Fleck zu mir herüber, bis er nur noch wenige Zentimeter entfernt ist. Ich spüre einen kalten Atem auf meiner Wange und stöhne auf.

Hier stimmt etwas nicht!

Der Fleck schießt zurück in die Dunkelheit. Am Rande meines Bewusstseins höre ich wegschleichende Schritte und ...

Ich schrecke aus dem Schlaf. Mein Gesicht ist schweißnass und mein Herz hämmert. Ganz langsam dringt zu mir durch: Es war nur ein Traum. In meinem Zimmer ist niemand.

Ich atme ein paarmal tief durch und knipse meine Nachttischlampe an. Ein paar Sekunden lang sehe ich nichts, doch dann gewöhnen sich meine Augen an das Licht. Schreibtisch, Sitzsack, Fenster. Alles sieht so normal aus, dass ich kichern muss. Du blöde Kuh, schimpfe ich mit mir selbst. Gleich glaubst du noch, dass in deinem Kleiderschrank ein Serienmörder sitzt.

Auf meinem Wecker sehe ich, dass es fast vier Uhr ist. In ein paar Stunden muss ich schon wieder aufstehen. Ich sollte besser …

Aus dem Augenwinkel sehe ich, wie sich der Vorhang wölbt. Plötzlich muss ich an den Baum vor meinem Fenster denken. Es ist nicht wirklich schwierig, in ihm herumzuklettern. Finn hat das auch schon getan …

Jetzt ist aber Schluss, Yara, das ist doch völliger Unsinn. Ich lege mich auf den Rücken und versuche, den Vorhang zu ignorieren, aber ich sehe ihn sogar, wenn ich die Augen schließe.

Verdammt. Ich stehe auf und gehe zum Fenster. Vorsichtig ziehe ich den Vorhang auf, als befürchtete ich, dass jemand dahintersteht. Von meinem Fenster aus sieht der Garten wie ein schwarzes Quadrat aus, aber wenn ich die Augen zusammenkneife, kann ich vage den Umriss der Hecke, der Terrasse und des Tisches sehen. Ganz hinten beim Schuppen wird das Schwarz immer dunkler.

Ist das etwa ein Schatten? Steht da jemand? Mir wird auf einmal ganz kalt und ich schlage die Arme um meinen Körper. Vielleicht ist da ein Einbrecher. Und vielleicht sieht er jetzt zu mir herüber!

Reglos bleibe ich stehen. Der Mond kommt hinter einer Wolke hervor und überspült den Garten mit silbernem Licht. Die längliche Form verwandelt sich in … den Rasenmäher!

Plötzlich fühle ich mich furchtbar dumm. *Na toll, Yara.* Mit einem Seufzer ziehe ich den Vorhang zu. In wenigen Schritten bin ich an meinem Bett. Ich schlüpfe unter die Bettdecke und ziehe sie mir bis an die Nasenspitze. Aber so richtig sicher fühle ich mich immer noch nicht. Früher wäre ich dann zu meiner Mutter ins Bett gekrochen. Da wäre ich durch ihre ruhige Atmung sofort wieder eingeschlafen. Aber wir haben den ganzen Abend nicht miteinander gesprochen. Lieber sterbe ich, als dass ich jetzt zu ihr ins Bett schlüpfe.

Ich kneife die Augen zu und versuche, an etwas Schönes zu denken. Es klappt nicht.

Ich hinke durch das offene Tor im Zaun und verschwinde in dem dunklen Weg. Sie hätte mich fast gesehen. Fast. Verdammt noch mal. Ich hätte das nicht tun dürfen, Punkt. Aber als ich heute Nacht wach wurde, wollte mir ihr Name einfach nicht aus dem Kopf gehen. Wie eine Hornisse summte Yara durch meine Gedanken und hat mich ganz verrückt gemacht.

Ich musste zu ihr.

Ich habe mich angezogen und bin wie ein Einbrecher aus dem Haus geschlichen. Ich gehe einfach mal kurz die Lage sondieren, sagte ich mir. Und dann gleich wieder zurück. Ich wiederholte es ein paarmal, bis es fast glaubwürdig klang.

Am Anfang der Haringvlietstraat blieb ich stehen. Eine gepflegte Reihe kompakter Häuser mit kleinen Vorgärten. Ganz anders als das schicke Viertel von Kate.

Der Form halber hatte ich mein Handy mit Google Maps drauf in der Hand, damit zufällige Passanten denken, dass ich den Weg irgendwohin suche. Aber es kam niemand vorbei. Eilig lief ich zur Nummer 49 und schlich durch den Durchgang zum Garten dahinter.

Es war bewölkt und wegen der Häuser reichte das Licht der Straßenlaternen nicht bis dorthin.

Perfekt.

Die hintere Fassade war ein Puzzle aus Fenstern. Wo schlief wohl Yara?

Da sah ich es. Auf einer der Fensterbänke saß ein rosa Plüschtier. Dass musste Yaras Zimmer sein. Und das Fenster lag genau neben einem großen Baum. Was für ein glücklicher Zufall!

Vorsichtig kletterte ich den Baum hoch, jederzeit zur Flucht bereit, sollte plötzlich jemand im Haus wach werden. Mit einer geschmeidigen Bewegung zog ich mich auf Yaras Fensterbank und setzte mich neben das rosa Plüschtier. Ein Kaninchen, wie ich jetzt erkannte. Warme Luft zog durch das Fenster nach draußen ab. Ich schloss die Augen und versuchte, Yaras Duft aufzufangen, aber ich roch nur die nichtssagende Luft des Hauses.

Vielleicht könnte ich ja ganz kurz hineingehen? Kurz, ganz kurz nur.

Bevor ich es mir anders überlegen konnte, hatte ich mich schon von der Fensterbank gleiten lassen. Schritt für Schritt tastete ich mich durch das dunkle Zimmer voran, bis ich an ihrem Bett stand. Yara war ein schwarzer Hubbel unter ihrer Decke. Ich hätte es gleich hier erledigen können. In meiner Tasche steckte eine Ampulle Dormicum und eine Spritze, die ich heute Morgen geklaut hatte, für den Fall, dass ... Ich könnte sie aus dem Fenster fallen lassen oder ein Kissen auf ihr Gesicht drücken, bis sie erstickt.

Aber das wäre niemals glaubwürdig. Und ich sehe mich selbst nicht als Mörder.

Da fing Yara auf einmal an zu stöhnen. Shit, ich musste hier weg. Und das möglichst schnell. So schnell ich konnte, schlich ich zum Fenster und ließ mich draußen herab. Ich sah noch, wie sie sich aufsetzte und das Licht anmachte.

Das letzte Stückchen bis zum Boden bin ich gesprungen. Ein Stechen fuhr durch meinen rechten Knöchel und ich humpelte durch den Garten. Als ich in der Mitte war, kam auf einmal der Mond hervor. Es war, als würden Scheinwerfer angeschaltet. Panisch warf ich mich hinter den Schuppen.

Ich drückte mich mit dem Rücken gegen die Mauer und versuchte, wieder ruhig zu atmen. Yara konnte mich unmöglich gesehen haben, oder? Vorsichtig spähte ich um die Ecke.

Und da stand sie, im erleuchteten Fenster. Sie spähte hinaus, während ich sie anstarrte. Ich wartete. Erwartete, dass sie anfangen würde zu schreien. Dass ihre Eltern mich hinter dem Schuppen hervorzerren und die Polizei rufen würden.

Aber nichts passierte. Eine Wolke schob sich vor den Mond und es wurde wieder stockfinster. Ich sah, wie Yara die Vorhänge zuzog. Ich musste machen, dass ich wegkam, so viel Glück hätte ich sicher kein zweites Mal.

Ich gehe durch die dunkle Nacht zurück nach Hause. Mein Fußgelenk schmerzt und pocht und fühlt sich geschwollen an. Aber ich kann mir kein Selbstmitleid erlauben. Eins ist mir heute Nacht klar geworden: Wenn das hier schiefgeht, liegt es an mir. Ich hätte einfach nicht vom Plan abweichen dürfen.

»Tut mir leid«, flüstere ich. »Es ist alles meine Schuld.«

Natürlich antwortet niemand.

Kapitel 17

Es ist Pause und Romee und ich sitzen auf der Treppe. Den ganzen Tag schon ist sie schlecht drauf.

»Wir könnten dem Hausmeister eine anonyme Bombendrohung schicken«, schlage ich vor. »Dann fallen sicher die letzten Stunden aus.«

»Haha.« Romee seufzt. Sie bemüht sich noch nicht einmal zu verbergen, wie dumm sie den Witz findet.

»Wir können auch einfach schwänzen«, sage ich ein wenig beleidigt.

»Und noch mehr Stunden verpassen. Lieber nicht.«

Ungläubig sehe ich sie an. »Seit wann kümmert dich das denn?«

»Seit ich in Erdkunde auf 'ner Fünf stehe, reicht das?«, schnauzt sie. Schweigend starrt sie vor sich hin.

Ich habe Lust, ihr gegens Schienbein zu treten. Warum ist sie so blöd zu mir?

Durchs Tor kommt ein Mann in Lederjacke. Er spricht ein paar Mädchen aus der Schule an, die dort zufällig stehen. Sie lachen und bilden eine Traube um ihn herum wie um einen Popstar.

Romee reckt den Hals und blinzelt. »Wer ist denn der Mann da?«, fragt sie.

»Keine Ahnung«, sage ich seufzend.

Eine Gruppe Jungen gesellt sich hinzu, wodurch auf dem Gehweg ein Stau entsteht.

»Komm«, sagt Romee. »Lass uns auch mal gucken gehen.«

Sie nimmt meine Hand und schleift mich mit. Jetzt tut sie wieder so, als wäre nichts geschehen. Manchmal denke ich, dass sie nicht alle Tassen im Schrank hat.

Wir stellen uns hinter die Jungsgruppe. Romee tippt einem Jungen auf die Schulter. »Hey, pssst«, flüstert sie. »Weißt du, wer der Typ ist?«

»Ja, Hans Peetoom, ein Journalist vom *Telegraaf*«, antwortet der Junge leise. »Er schreibt einen Artikel über die zwei Mädchen, die sich umgebracht haben.«

»Oh mein Gott, echt?« Romee hat mich völlig vergessen und drängelt sich vor.

»War jemand von euch mit den Mädchen befreundet?«, höre ich den Journalisten fragen.

»Ja, ich!«, ruft ein Mädchen. »Ich war bei Kate in der Klasse.«

»Und ich habe Betriebswirtschaft mit Leilas Bruder. Er hat sie gefunden!«, ruft ein anderes Mädchen.

»Darf ich euch nach der Schule ein paar Fragen stellen?«, fragt Hans Peetoom freundlich.

Die Mädchen nicken und klatschen sich ab, als ob sie die Hauptrolle in einem Film ergattert haben. Merken die gar nicht, wie unpassend ihr Verhalten ist?

»Kommst du mit? In ein paar Minuten fängt die nächste Stunde an.« Ich ziehe an Romees Arm, aber sie schüttelt mich ab.

»Ich komme gleich, geh du schon mal vor.« Sie quetscht sich noch weiter nach vorne.

Ich sehe ihr hinterher. »Ach, weißt du«, sage ich, »ich fühle mich auf einmal nicht so gut. Vielleicht gehe ich nach Hause.«

Romee zuckt gleichgültig mit den Schultern. »Okay, dann bis morgen.«

»Äh, ja.« Ich drehe mich um und gehe weg. Irgendwie erwarte ich, dass sie hinter mir herkommt. Dass sie den Arm um meine Schultern legt und mich fragt, ob es sehr schlimm ist. Aber sie kommt nicht. Ich höre sie mit den anderen Mädchen in der Gruppe lachen.

Mit einem Scheißgefühl im Bauch gehe ich Richtung Fahrradstellplatz. Romees blödes Verhalten sollte mich kaltlassen, aber das tut es nicht. Und das nervt mich. Sauer trete ich gegen eine herumliegende Getränkedose.

»Scheißtag?«, höre ich da jemanden fragen.

Ich hebe den Blick und gucke in Kevins lächelndes Gesicht. Er lehnt an der Mauer, reglos wie eine Statue.

Einige Sekunden bin ich so erstaunt, dass mir die Worte fehlen. Was tut der hier? »Äh, hallo«, sage ich dann.

»Was für ein Zufall, dass wir einander ständig über den Weg laufen!«, sagt er grinsend. Etwas in seinem Tonfall verrät mir, dass das alles andere als ein Zufall ist.

»Kann man wohl sagen«, seufze ich.

Kevin macht ein paar Schritte in meine Richtung. Er ist jetzt so nah, dass er mich berühren könnte. Ich widerstehe dem Impuls, so schnell ich kann wegzurennen.

»Ich hab mich gefragt ...«, setzt er lächelnd an. »Hast du heute Nachmittag schon was vor?«

Das kann doch nicht wahr sein! Er will sich mit mir verabreden!

»Ich habe echt superviel auf für morgen«, sage ich und weiche zurück. »In Franz, Englisch, Mathe ...« Ich bin schon immer eine schlechte Lügnerin gewesen und auch jetzt klinge ich überhaupt nicht glaubwürdig.

Das Lächeln verschwindet und Kevins Blick wird auf einmal deutlich distanzierter. »Wie schade«, sagt er. »Ich wollte mit dir in den Vondelpark gehen ... Ein andermal vielleicht.«

»Ja, vielleicht.« Nur in deinen Träumen, denke ich.

Kevins Lächeln kehrt zurück. »Darauf werde ich zurückkommen.« Er hört nicht auf, mich anzugucken, und das geht mir auf die Nerven.

»Hör mal«, sage ich schnell. »Es war wirklich nett, aber jetzt muss ich echt los.«

»Oh. Ah, ja. Viel Erfolg mit den Hausaufgaben.«

Es tritt Stille ein. Ich nutze sie zur Flucht.

»Tschüss«, sage ich und gehe mit großen Schritten davon. Aus Angst, er könnte mir hinterhergucken, traue ich mich nicht, mich umzuschauen. Wie werde ich bloß diesen Jungen wieder los?

Ich gehe am Zaun des Fahrradstellplatzes entlang. Mein Rad steht ganz hinten, weil ich heute Morgen schon wieder zu spät war. Ich fummle den Fahrradschlüssel aus meiner Hosentasche und schließe die Kette um mein Vorderrad auf. Erst als ich die Tasche in meinen Fahrradkorb legen will, fällt es mir auf: ein weißes Blatt Papier. Erst denke ich, dass es aus meiner Tasche gefallen sein muss, doch dann sehe ich, dass es ein Umschlag ist.

Genervt nehme ich den Umschlag aus dem Fahrradkorb und drehe ihn um. Die ordentlichen Blockbuchstaben erkenne ich sofort wieder. Hä? Hat mir Finn diesen Umschlag heute Morgen hier hineingelegt? Aber das Papier ist eigentlich zu weiß, zu sauber und zu wenig zerknittert dafür, dass es hier schon den ganzen Tag liegt.

Ich reiße den Umschlag auf. Mein Herz fängt laut zu pochen an, als ich den Brief lese:

HALLO YARA,
DU SIEHST SO SCHÖN UND UNSCHULDIG AUS, WENN DU SCHLÄFST,
ABER DARAUF FALLE ICH NICHT HEREIN. HAST DU HEUTE NACHT VON
MIR GETRÄUMT? ICH VON DIR SCHON ... WIR SEHEN UNS BALD.

Kapitel 18

Der Mann hinter dem Schreibtisch sieht mich nachdenklich an. Er hat sich als Remco Spaan vorgestellt. In seinem hellblauen Hemd und der grauen Hose sieht er eher aus wie ein Supermarktmanager als ein Polizist.

Ich gucke zurück und versuche meine Nervosität zu verbergen.

»Hast du nur diesen einen Brief bekommen?«, fragt er und wedelt mit dem Blatt Papier, das ich ihm gerade gegeben habe.

»Nein, nein. Vor zwei Tagen habe ich schon einmal einen Brief bekommen.«

Er runzelt die Stirn. »Was stand darin?«

Shit, will er das jetzt wirklich wissen? Verzweifelt versuche ich mich an den Text zu erinnern. »Äh, also ... ob ich weiß, wer ich bin, oder so was.«

»Hm. Enthielt er eine Drohung?«

»Nein, ich glaube nicht.«

»Dürfte ich den Brief wohl haben?«, fragt er lächelnd.

Ich tue so, als dächte ich lange nach, und sage dann: »Das geht nicht, weil ... äh ... ich habe ihn weggeworfen.«

Seine Augen werden erst groß, dann klein. »Weggeworfen? Warum denn das?«

»Weil ich dachte, dass mein Bruder ihn geschrieben hat.«

Remco Spaan seufzt, als fände er das Gespräch ermüdend. »Und, war das so?«

»Ja, nein, ich weiß es nicht.« Mir wird immer wärmer. »Mein Bruder hat's geleugnet, aber ich habe ihm nicht geglaubt. Er macht öfter so blöde Sachen, wissen Sie?«

»Tja.« Er trommelt mit den Fingern auf den Schreibtisch. »Sind sonst noch merkwürdige Dinge vorgefallen?«

Ein bisschen unbehaglich rutsche ich auf dem Plastikstuhl hin und her. »Ich glaube, dass der Briefeschreiber heute Nacht in meinem Zimmer gewesen ist.«

»Oh. Und wie kommst du darauf?« Auf seinem Gesicht kann ich nicht das geringste Anzeichen von Besorgnis ablesen.

»Weil …« Ich hole tief Luft. »Weil ich ein komisches Geräusch gehört habe und mein Fenster offen stand. Und hinten im Garten habe ich einen seltsamen Schatten gesehen.«

»Aber hast du auch wirklich eine Person gesehen?« Remco Spaan beugt sich vor. »Oder gibt es vielleicht Einbruchspuren?«

»Nein.« Ich klinge unsicher und das nervt mich.

Er seufzt und lehnt sich wieder zurück. »Ich fasse mal eben zusammen: Vor zwei Tagen hast du einen Brief bekommen, von dem du denkst, dass dein Bruder ihn geschrieben hat. Heute findest du einen weiteren Brief, aber jetzt glaubst du, dass ihn jemand anders geschrieben hat. Außerdem glaubst du, dass jemand in deinem Zimmer gewesen ist, aber du hast niemanden gesehen. Stimmt das so?«

»Äh, ja, mehr oder weniger.«

Sein Gesichtsausdruck wird distanziert. Warum sagt er nicht einfach, dass er mir nicht glaubt?

»Und was soll ich für dich tun?«, fragt er.

Ich zucke mit den Schultern. Was weiß denn ich!

»Lass mich ehrlich sein.« Remco Spaan legt die Hände auf den

Schreibtisch. »Ich kann leider nicht viel für dich tun. Du hast zwei unangenehme Briefe bekommen, aber es gibt keinerlei Hinweis auf eine echte Gefahr. Wahrscheinlich ist es bloß ein schlechter Scherz von irgendjemandem. Ich würde mir keine unnötigen Sorgen machen. Aber zur Sicherheit werde ich einen kurzen Vermerk über unser Gespräch schreiben.«

Aus seinen Worten höre ich heraus: Ich verschwende hier meine Zeit mit diesem hysterischen Mädchen.

»Wie war noch mal dein Name? Sara? Tara?« Sein Stift bleibt über dem Formular in der Luft hängen. »Und wie lautet deine Telefonnummer? Dann werde ich mit deinen Eltern auch noch Kontakt aufnehmen.«

Erschrocken richte ich mich auf. »Mit meinen Eltern? Warum denn das?«

»Weil du minderjährig bist.« Er lächelt ein bisschen herablassend. »Deine Eltern wissen doch wohl von den Briefen?«

Ich fühle, wie mein Magen sich zusammenzieht. Meine Eltern wissen von nichts. Und das Letzte, was ich möchte, ist, dass er jetzt meine Mutter anruft. Dann bekomme ich noch viel größere Probleme.

»Ach, lassen Sie nur.« Ich stehe auf und schiebe meinen Stuhl zurück. »Ich glaube, Sie haben recht. Die Briefe sind einfach nur ein Scherz. Vielen Dank, dass Sie sich Zeit genommen haben.«

Ich gehe zur Tür.

»Moment, warte doch! Lass uns das Gespräch hier noch kurz zu Ende bringen. Es dauert höchstens ein paar Minuten, sonst...«

»Tut mir leid, ich muss jetzt zum Volleyballtraining«, lüge ich.

»Aber der Brief!«

»Werfen Sie ihn ruhig weg.« Ohne ihm weiter Aufmerksamkeit zu schenken, ziehe ich die Tür hinter mir zu. Mit großen Schritten gehe ich an der Empfangsdame vorbei, die mich erstaunt anguckt.

Die Schiebetüren öffnen sich und ich atme die kalte, feuchte Winterluft ein.

Ich hätte nicht zur Polizei gehen sollen. Ich gehe zu meinem Fahrrad und öffne das Schloss. Ich schwinge mich auf den Sattel und sprinte davon. An der Ampel biege ich rechts ab. Die Polizeiwache am Koninginneweg ist jetzt außer Sichtweite. Ich bin so wütend, dass mir die Tränen kommen. Ich versuche, sie zu unterdrücken, indem ich die Zähne zusammenbeiße. Mit brennenden Augen radle ich weiter. Ich will nicht nach Hause, denn da ist meine Mutter. Vielleicht kann ich zu Romee. Im Kopf fahre ich schon in ihre Richtung. Doch dann fällt mir ihr kühles, distanziertes Verhalten von heute Mittag ein. Ich habe keine Lust, von ihr schon wieder die kalte Schulter gezeigt zu bekommen. Zu wem kann ich sonst noch?

Mir will niemand einfallen. Auf einmal kann ich die Tränen nicht länger zurückhalten.

Yara ist zur Polizei gegangen. Was für eine dumme Ziege! Ich kam noch gerade rechtzeitig, um sie vom Fahrradstellplatz wegfahren zu sehen. Ich konnte ihr nur mit Mühe folgen. Sie schien um ihr Leben zu radeln und in gewisser Weise war das ja auch so.

An der Kreuzung des Koninginnewegs mit der Emmastraat schmiss sie ihr Fahrrad gegen einen Baum. Mein Mund wurde trocken, als ich die Polizeiwache sah. Yara hatte doch wohl nicht vor ... Noch bevor ich den Gedanken zu Ende denken konnte, stürmte sie schon mit Riesenschritten hinein.

Ich stellte mich an die Haltestelle auf der gegenüberliegenden Straßenseite und tat so, als wartete ich auf eine Straßenbahn. Mir ging alles Mögliche durch den Kopf. Vielleicht sollte ich mich selbst anzeigen. Tut mir leid, Jungs, ich konnte nicht anders. Mit ein bisschen Glück würden sie sogar Verständnis für meine Geschichte aufbringen. Aber ich dachte auch an andere Dinge. An die Liste. An Kate. An Leila. An Entscheidungen, die man im Nachhinein nicht mehr rückgängig machen kann.

Zwanzig Minuten später trat Yara wieder durch die Schiebetüren nach draußen. Ich sah ihr sofort an, dass die Polizei sie nicht ernst genommen hatte. Sie ließ die Schultern hängen und blickte zu Boden. Der Nebel in meinem Kopf lichtete sich ein wenig.

In den Schatten der Dämmerung folgte ich Yara. Den Willemsparkweg, die Stadhouderskade und die Marnixstraat entlang. Es war mir ein Rätsel, wo sie hinwollte. Es wurde immer dunkler und fing an zu regnen. Die Welt wurde zu Schemen und vagen Umrissen.

Als sie am Haarlemmerplein rechts abbog, ging es mir plötzlich auf: Ich musste Abschied nehmen von Yara. Und mir ging noch etwas auf: Ich musste es jetzt tun. In meinem Kopf war alles wieder hell und klar.

Kapitel 19

Ziellos radle ich durch die Stadt. Die Dämmerung verschlingt die Welt mehr und mehr. Über die Stadhouderskade und den Leidseplein biege ich in die Marnixstraat ab. Regentropfen fallen auf meine Wangen. Ich wische sie weg, zusammen mit den Tränen.

Vor meinem inneren Auge sehe ich meine Mutter durchs Haus stampfen und böse auf die Uhr gucken. Vielleicht geht sie ja vor Wut in die Luft. Hoffe ich zumindest.

Autoscheinwerfer schwenken vorbei. Manchmal erhasche ich einen kurzen Blick auf ein fremdes Gesicht hinterm Steuer. Dann schießen sie an mir vorbei auf dem Weg zu ihrem eigenen Leben. Es kommt mir so vor, als ob sie vorankommen und ich nicht.

Mit gesenktem Kopf kämpfe ich mich weiter durch den Regen. Meine Jeans ist durchweicht und die Haare kleben mir in nassen Strähnen an den Wangen. Am Haarlemmerplein biege ich rechts ab. Die Bahnüberführung ragt wie ein massiver grauer Block aus dem Regen auf. Ich folge weiter dem Radweg, der parallel zum Bahndamm verläuft. Dunkle Häuser und Geschäfte rauschen vorbei. An manchen Fenstern sind die Rollläden heruntergelassen. Man kann sich nur schwer vorstellen, dass hier Leute wohnen.

Auf einmal höre ich ein seltsames Rasseln hinter mir. Ich gucke über die Schulter. In einiger Entfernung sehe ich ein kleines Licht. Es kommt auf dem Fahrradweg immer näher, bis es so gleißend ist, dass ich die Augen zukneifen muss. Ein Motorroller überholt mich mit wenigen Zentimetern Abstand, sodass ich fast stürze.

»Arschloch!«, rufe ich.

Der Rollerfahrer ignoriert mich völlig und gibt Gas. Sein Rücklicht verschwindet im Regen.

Was für ein Scheißtag. Scheißwoche. Ich kann mich fast nicht mehr erinnern, wie mein Leben letzte Woche war. So lange scheint das her zu sein. Verbissen radle ich weiter. Ich komme an eine Kreuzung. Geradeaus geht es zum Hauptbahnhof. Links führt der Fahrradweg unter der Bahntrasse durch.

Ohne nachzudenken biege ich links ab. Hier endet die Stadt abrupt. Es ist, als würde ich in eine andere Welt hineinradeln. Lagerhallen, Ladekräne und Container bilden die schemenhafte Kulisse im Regen. Hinter mir verläuft der hohe, dunkle Wall der Böschung des Bahndamms.

Wo bin ich hier? Ich bremse und bleibe unentschlossen stehen. Meine Finger sind vom kalten Regen gefühllos geworden. Ich atme gehetzt. Vielleicht sollte ich besser umkehren. Vielleicht kann ich ...

Mein Handy piept in der Hosentasche. Ich fische es heraus. Drei verpasste Anrufe von meiner Mutter und eine Nachricht im Messenger von Kevin. Oh nein, auch das noch ...

Hey ... Hausaufgaben geschafft? 😊

Vor meinem inneren Auge sehe ich ihn sein Handy anlächeln. Am liebsten würde ich ihn ignorieren. Aber ich befürchte, dass er mich dann zuspammt.

Na ja ..., tippe ich. *Bin noch dabei. Was für ein Stress!*

Lass mich bloß in Ruhe, sage ich damit eigentlich. Ich sehe, dass Kevin die Nachricht sofort liest. Ich warte. Zehn Sekunden, zwanzig, eine halbe Minute. Ob er es wohl verstanden hat? Leider nein. Es poppt eine neue Nachricht auf.

Wollen wir Freitag was zusammen machen? Wir könnten ins Kino gehen.

Ich lese den Satz noch einmal und noch einmal. Ins Kino? Der Typ schnallt auch einfach gar nichts. Mir reißt der Geduldsfaden. Ich habe keine Lust mehr, nett zu sein.

Keine Lust. Heute nicht und überhaupt nie. Tut mir leid ...

Der kann mich mal. Soll er doch einem anderen Mädchen auf die Nerven gehen. Ich mache mein Telefon aus und stecke es wieder in die Tasche. Zeit, nach Hause zu fahren. Meine Mutter ist sicher schon völlig außer sich vor Sorge. Auf einmal fühle ich mich deshalb ein bisschen schuldig.

Ich wende mein Fahrrad. Der Regen schlägt mir ins Gesicht, sodass ich einen Moment lang nichts sehe. Mit dem Ärmel wische ich die Tropfen weg. Morgen wird alles wieder normal. Morgen frage ich Romee, ob sie bei mir Hausaufgaben machen kommt. Dann lachen wir über alles Mögliche, so wie früher.

Plötzlich höre ich jemanden hinter mir hüsteln. Erstaunt werfe ich ein Blick über die Schulter.

Es passiert im Bruchteil einer Sekunde. Ich fühle einen harten Schlag gegen meinen Kopf und stürze. Nasser Asphalt scheuert an meiner Wange. Ein Pedal bohrt sich mir in die Seite und an meiner Schläfe läuft etwas Warmes herunter. Blut ... Aber ich bin zu benommen, um Schmerzen zu empfinden.

Steh auf, Yara, sagt eine Stimme in meinem Kopf. Aber ich schaffe es nicht. Ich kann mich nicht bewegen.

Zwei Turnschuhe tauchen neben meinem Kopf auf. Ich versuche aufzuschauen, um zu sehen, wem die Schuhe gehören, doch mein Kopf ist so schwer. Der Regen prasselt auf meine Jacke und läuft mir in den Kragen. Ich will um Hilfe rufen, aber es kommt nur ein dumpfes Stöhnen aus meinem Mund.

Die Turnschuhe verschwinden. Ich höre sie um mich herumgehen. Geraschel, als ob sich jemand neben mich hockt. Schweres Atmen. Mein Arm wird gepackt. Und dann ein plötzliches Piken zwischen meinen Fingern.

Über mir höre ich eine Stimme: »Wink mal zum Abschied.«

Meine Augen fallen zu. Ich kann mich nicht mehr kontrollieren und fühle Nässe zwischen meinen Beinen.

Zwei Hände zerren mich unter meinem Fahrrad hervor und schleppen mich den Hügel hinauf. Schwindelig und orientierungslos versuche ich zu verstehen, was gerade passiert. Ich werde über einen Hubbel gezogen und dann ist die Steigung weg.

Keuchen an meinem Ohr. Ein warmer, saurer Atem. Ich merke, dass ich über den ebenen Boden geschleift werde wie ein Müllsack.

»Mensch, bist du schwer!«, sagt die Stimme.

Ein starker Ruck an meinem Körper und die Hände lassen mich los. Ich liege auf dem Rücken. Unter Po und Schulterblättern fühle ich einen harten, kalten Balken. Steinchen piken mich. Und ich rieche einen merkwürdigen metallischen Geruch. Jede Einzelheit macht mir noch mehr Angst.

Wo bin ich nur? Oh Gott, wo bin ich bloß?

Ich will mich wegwälzen. Flüchten. Aber es ist sinnlos. Ich habe kein Gefühl mehr in den Muskeln.

Mein Herz rast. Vielleicht sollte ich mich ein Weilchen ausruhen. Schlafen.

Nein! Verdammt noch mal, Yara, du darfst jetzt nicht aufgeben!

Mit letzter Kraft versuche ich, die Augen zu öffnen. Meine Lider zittern. Zwischen ihnen hindurch sehe ich ein Gesicht, das ich kenne. Es lächelt mich an.

Du?, denke ich. Ich will die Hand ausstrecken und um Hilfe bitten, aber das Gesicht verschwindet in der Dunkelheit. Schritte entfernen sich ganz langsam.

Lass mich bitte nicht allein!

In der Ferne höre ich ein Grollen. Das Geräusch kommt wahnsinnig schnell näher und lässt den Boden unter mir erzittern. Was ist das, ein Gewitter? Ein Erdbeben? Ich kann nicht mehr denken. Alles ist so langsam, schwer und plump.

Plötzlich sehe ich ein grelles Licht in der Dunkelheit aufscheinen. Die Sonne, denke ich. Instinktiv schließe ich die Augen, um sie vor dem gleißenden Licht zu schützen.

Ich wende den Blick ab, als der Zug vorbeifährt. Ich höre die Räder kreischend bremsen, wie ein hoher, langgezogener Hilfeschrei. Aber es ist zu spät.

Tut mir leid, Yara. Du hättest einfach nicht so eine blöde Bitch sein müssen.

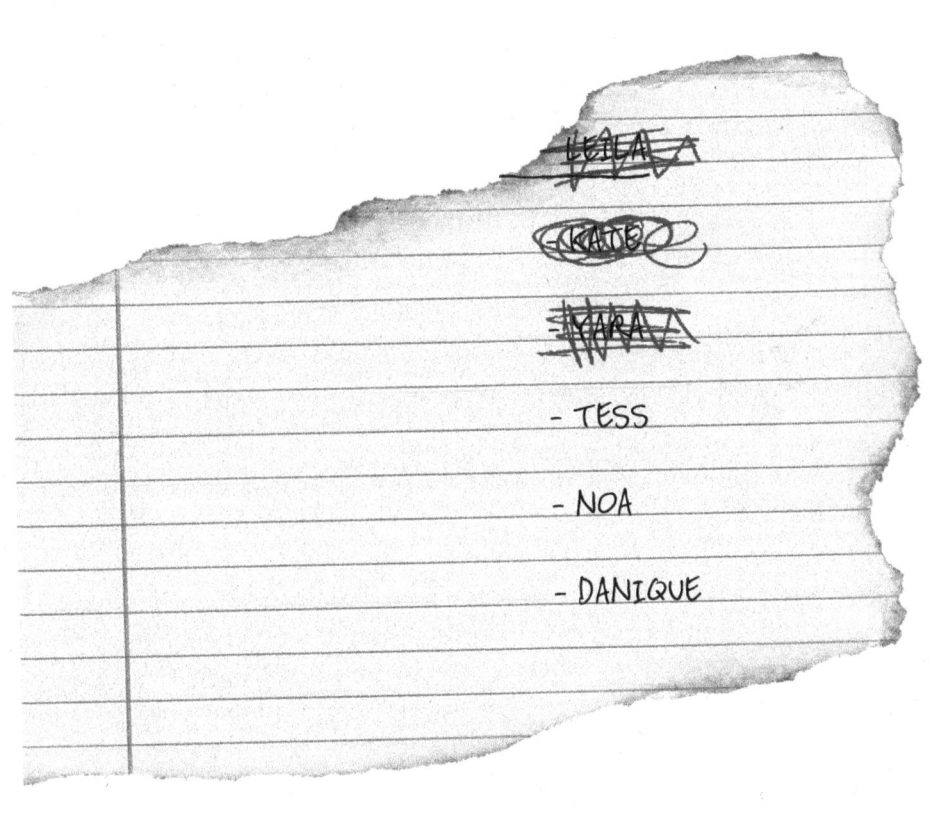

Kapitel 20

Tess

Ich hab's eilig. Sehr eilig. In genau zehn Minuten steht das Abendessen auf dem Tisch und ich habe meiner Mutter versprochen, rechtzeitig zu Hause zu sein. Doch es müsste schon ein Wunder geschehen, wenn ich das noch schaffen soll...

Ich wische die Regentropfen vom Sattel und schwinge mich auf mein Fahrrad. Die erleuchteten Fenster der Bibliothek verschwinden hinter der Kurve, als ich auf die Oosterdokskade abbiege. Im Zickzack radle ich über den Bahnhofsplatz. Ich fahre im Stehen wie bei einem Rennen. Das Publikum am Wegesrand feuert mich begeistert an. Noch eine Kurve bis zum Ziel. Ich fahre noch schneller, um meine Führungsposition zu halten. Tess, das niederländische Nachwuchstalent sorgt für eine Sensation und...

Ich muss voll in die Eisen steigen, um nicht gegen einen Polizeiwagen zu fahren, der quer auf der Straße geparkt ist. Ein Blaulicht blitzt durch den Regen, über den Bahndamm, der parallel zur Straße verläuft. Auf den Gleisen halten Polizisten ein weißes Laken hoch. Etwas weiter hinten steht ein Krankenwagen mit offenen Türen.

Erschrocken steige ich ab und schiebe mein Rad um den Polizeiwagen herum. An der Bushaltestelle hat sich eine Menschentraube gebildet. Sie gucken alle zum Bahndamm hinüber, als ob dort eine Theatervorstellung stattfände.

Ich bleibe stehen und gucke auch.

»Selbstmord«, sagt ein Mann ungefragt. »Das kommt hier öfter vor, dass sich jemand vor einen Zug wirft.«

Ich nicke, denn ich bin nicht sicher, ob er mit mir spricht. Alle starren schweigend zu dem weißen Laken hinüber. Es bewegt sich wie ein Gespenst in der Dunkelheit. Zwei Rettungssanitäter schieben eine Trage zu den Gleisen.

»Ein Leichensack wäre wohl angebrachter«, brummt der Mann.

Auf einmal wird mir schwindelig. »Tut mir leid«, murmle ich und springe auf mein Rad. »Ich muss nach Hause.«

So schnell ich kann, radle ich davon. Kalte Abendluft schlägt mir ins Gesicht. Ich atme tief durch und versuche, das Bild von dem weißen Laken aus meinen Gedanken zu verbannen, aber offensichtlich ist jeder Widerstand zwecklos. Ich habe noch nie einen Toten gesehen. Jetzt hatte ich keine fünfzehn Meter von einem entfernt gestanden.

Hör auf, Tess! Du machst dich bloß verrückt. Diese Person wollte sterben. Mach das nicht zu deinem Problem.

Ich biege rechts ab auf die Jacobs Catskade. Das Wasser der Gracht ist tiefschwarz. Das Licht der Straßenlaternen fällt in schrägen Streifen über die Oberfläche wie ein Gefängnisgitter. Nach drei Monaten fühle ich mich in Amsterdam immer noch nicht zu Hause.

Vor Nummer 60 halte ich an. Ich stelle mein Fahrrad an einen Baum und schließe es ab. Auf einmal höre ich ein Geraschel im Garten gegenüber.

Ich spähe in die Dunkelheit. Nichts. Niemand.

Wieder höre ich etwas, einen dumpfen Schlag, als ob eine Mülltonne umgefallen wäre.

»Hallo?«, rufe ich. »Ist da jemand?«

Keine Antwort. Ich halte die Luft an. Es ist totenstill.

Plötzlich schießt ein schwarzer Schatten aus dem Garten hervor. Ich muss lachen. Ein dicker roter Kater verschwindet kreischend den Gehweg hinunter. Blödes Vieh!

Ich überquere die Straße und gehe zur Haustür. ANNEKE POSTMA, KLINISCHE PSYCHOLOGIN, steht auf dem silbernen Schildchen an der Tür.

Ich klingle.

»Hallo, Mama!«, sage ich, als die Tür aufgeht. »Ich habe meinen Schlüssel nicht gefunden. Entschuldige bitte, dass ich so spät bin.«

Kapitel 21

»Möchtest du Soße?«

Noch bevor ich Nein sagen kann, gießt meine Mutter einen Löffel Soße über meinen Grünkohl. Sie strömt über den Berg Kartoffelpüree und tröpfelt auf den Teller, wo sie in braunen Schlieren erstarrt.

»Wie war es in der Bibliothek?«, fragt mein Vater, während er ein Stück Wurst abschneidet. »Hast du noch Bücher für deine Hausarbeit gefunden?«

»Ein paar«, lüge ich. In Wahrheit habe ich in der Bib lediglich im Internet gesurft.

»Wusstest du, dass ich über ein paar Ecken jemanden bei Saatchi & Saatchi kenne?«, erzählt er. »Das ist eine der größten Werbeagenturen in Amsterdam. Vielleicht möchtest du ja mit ihm mal über den Einfluss von Werbung auf Jugendliche sprechen?«

»Nee.« Mit der Gabel stochere ich im Grünkohl.

»Vielleicht kannst du ihm dann ja mal einen Tag lang bei der Arbeit über die Schulter schauen. Wäre das nicht was?«

»Nee.« Ich plätte den Grünkohl auf meinem Teller zu einem Pfannkuchen und zeichne dann mit der Gabel Streifen hinein.

Mein Vater seufzt und kümmert sich wieder um seinen Grünkohl. »Wie du möchtest. Ist ja dein Referat.«

Schweigend essen wir weiter.

»Sag mal, Tess«, setzt meine Mutter an. »Weißt du eigentlich schon, welche Freundinnen du zu deinem Geburtstag einladen möchtest?«

Vor Schreck fällt mir fast die Gabel aus der Hand. »Mama, bitte.«

»Der ist doch schon in drei Wochen«, fährt sie munter fort. »Vielleicht wäre es ganz nett, ins Kino zu gehen? Papa und ich können euch am Kino absetzen und danach wieder abholen. An wie viele Mädchen hattest du denn gedacht?«

Ich zucke mit den Schultern. »Julia, Amber und Demi.«

»Und aus der neuen Schule?«

»Och, ein paar Mädchen aus meiner Klasse.«

Mein Vater und meine Mutter tauschen schnell Blicke. Ich habe in der neuen Schule keine Freundinnen und das wissen sie gut genug. »Das klingt doch prima, mein Schatz«, sagt meine Mutter.

Ich starre sie an. Ob sie echt nicht versteht, dass alles ihre Schuld ist? Wenn sie nicht den Job gewechselt hätte, würden wir jetzt noch in Zeist wohnen.

»Das wird sicher eine nette Feier«, sagt sie lächelnd.

Ich zaubere auch ein Lächeln auf mein Gesicht – nicht, weil ich froh bin, sondern um dieses Gespräch beenden zu können. »Es war superlecker, Mama«, sage ich und schiebe meinen unangerührten Teller von mir.

Meine Mutter sieht mich einige Sekunden lang an. »Schön.« Sie trommelt mit den Fingern auf den Tisch. Schließlich sagt sie mit einem tiefen Seufzer: »Und wie war dein Tag sonst noch so?«

Ich zögere. Dies wäre der Moment, um von dem Selbstmord zu erzählen, aber ich befürchte, dass meine Mutter mich dann eine halbe Stunde ausfragt wie einen ihrer Patienten, und darauf habe ich überhaupt keine Lust.

»Ach, prima, nichts Besonderes.«

»Schön«, sagt sie noch einmal. Sie fängt an, die schmutzigen Teller aufeinanderzustapeln. »Vergiss nicht, dass du am Freitagnachmittag dein erstes Hockeytraining hast.«

»Vielleicht sage ich das ab.«

»Wieso?« Sie sieht bestürzt aus.

»Weil ich keine Lust mehr auf Hockey habe.«

»Was ist denn das für ein Unsinn?« Ihre Stimme zittert. »Du hast Hockey doch super gefunden in Zeist?«

Meine Mutter steht auf und stellt mit lautem Geklapper die Teller auf die Arbeitsfläche. Als sie sich wieder umdreht, klingt sie viel ruhiger. »Hör zu, Tess.« Sie wählt ihre Worte mit Bedacht. »Du kannst nicht jeden Nachmittag alleine in deinem Zimmer sitzen. Es ist wichtig, sich zu bewegen, mal rauszukommen, neue Leute kennenzulernen. Du wirst sehen, dass das Spaß macht.«

»Sei froh, dass deine Mutter es geschafft hat, dich da anzumelden. Normalerweise gibt es eine Warteliste von einem halben Jahr, aber es wurde plötzlich ein Platz frei.«

Ich zupfe an einem Niednagel.

»Hörst du uns eigentlich zu, Tess?«, fragt mein Vater.

»Jaha. Danke schön, Mama.« Ich stehe auf. »Darf ich jetzt in mein Zimmer gehen?«

»Möchtest du keinen Nachtisch?«, fragt meine Mutter. »Ich habe deinen Lieblingspudding gekocht, mit Erdbeersoße.«

»Tut mir leid, aber ich habe keinen Hunger.«

»Dann hebe ich dir eben eine Portion auf«, sagt sie. »Ach ja, bevor ich es vergesse ... Es war heute ein Brief für dich in der Post.« Sie nimmt einen weißen Umschlag aus dem Obstkorb. »Hier.«

Ich reiße ihr den Umschlag aus der Hand.

Mein Vater guckt neugierig, aber ich tue so, als ob ich es nicht merke, und stopfe den Umschlag in meine Hosentasche.

»Tschühüss«, murmle ich und gehe in mein Zimmer. Unten in der Küche höre ich meine Eltern mit gedämpfter Stimme reden. Wahrscheinlich über mich. Ich will es nicht hören und ziehe die Zimmertür zu.

Ich setze mich im Schneidersitz auf mein Bett und ziehe den Brief aus der Tasche. Die ordentliche, gerade Handschrift in Blockbuchstaben sagt mir nichts. Sie könnte sowohl von einem Jungen als auch von einem Mädchen sein. Ob es vielleicht jemand von meiner alten Schule ist? Neugierig reiße ich den Brief auf. Es fällt ein kleiner Zettel heraus.

DU BIST DIE NÄCHSTE

Ich starre die Worte an. Sie sehen so aus, als habe der Schreiber vergessen, den Brief zu beenden. Die nächste was? Gewinnerin? Verliererin? Millionärin? Nach einer Weile gebe ich es auf. Ich habe keine Lust, länger über diesen Brief nachzudenken. Wahrscheinlich ist es nur ein blöder Scherz von irgendwem. Ich zerknülle den Zettel und ziele auf den Papierkorb neben meinem Schreibtisch.

Ich nehme ein Buch vom Nachttisch und verstecke mich unter meiner Decke. Bald ist wieder ein Tag vorbei.

Yaras Tod war nicht schön wie der von Kate oder emotional wie der von Leila. Yaras Tod war ... funktional. Ich tröste mich mit dem Gedanken, dass sie nicht gelitten hat. Dass sie sofort tot war. Aber einen Schönheitspreis bekomme ich dafür nicht.

Ich merke, dass ich aufpassen muss. Ich kann so laut brüllen wie ich will, dass es mir gut geht, tief in mir wird alles immer unschärfer. Du machst das hier gemeinsam, sage ich mir immer wieder. Du bist hiermit nicht alleine. Mach dir die Welt klein und übersichtlich und halte dich an deine Liste. So einfach ist das. Und so einfach wird es auch mit der Nächsten sein, Tess.

Ob sie es wohl verstehen wird? Sicher nicht. Keine von ihnen hat es verstanden. Aber Tess ist anders. Sie hat weder Kates Impulsivität noch Yaras Arroganz. Sie ist eher so wie Leila. Und das macht mich noch wütender.

Kapitel 22

Ich zeichne schräge Striche zwischen die zwei blauen Linien in meinem Heft. Als die Zeile voll ist, schreibe ich groß SCHEISS-STUNDE auf das Blatt. Ich male die Buchstaben aus, damit sie noch mehr auffallen.

»Tess!«, brüllt Herr Hoekstra auf einmal. »Das ist jetzt schon das dritte Mal, dass ich dich aufrufe. Was machst du denn da bloß?«

Erschrocken blicke ich auf. Die ganze Klasse starrt mich an.

»Ich ... ich habe mitgeschrieben«, stammle ich.

»So, so«, sagt Herr Hoekstra und kommt in meine Richtung. »Mitgeschrieben. Würdest du mir dann erzählen, welche Prozesse zum Kohlenstoffkreislauf beitragen? Darüber haben wir gerade gesprochen.«

»Der Kohlenstoffkreislauf ... Das ist ... äh ... ein sehr interessanter Prozess ... verschiedener Dinge ...«

»Wie zum Beispiel?« Herr Hoekstra steht jetzt an meinem Tisch.

Ich stelle die Ellenbogen auf meinem Heft auf, um es zu verstecken.

»Wie zum Beispiel ...« Meine Stimme erstirbt. »Tut mir leid, ich hab's vergessen.«

»Das wundert mich gar nicht«, schnauzt Herr Hoekstra. Er zieht das Heft unter meinen Ellenbogen hervor und hält es mit spitzen Fingern hoch, als ob es giftig wäre.

»Das nennst du mitschreiben?«, brüllt er. »Ich lese lieber nicht vor, was hier steht.«

Mein Heft hängt offen herunter, sodass jeder die Seite sehen kann. Ich höre einige Schüler kichern.

»Findest du dein Verhalten normal?«, fragt Herr Hoekstra.

Bevor ich antworten kann, wendet er sich an die ganze Klasse. »So etwas dulde ich nicht in meinem Unterricht. Ihr seid in der zehnten Klasse, da erwarte ich, dass ihr einander und mich mit Respekt behandelt.« Er wedelt noch einmal mit meinem Heft, sodass jeder noch mal die Gelegenheit hat, die Seite zu sehen. Ich würde am liebsten im Boden versinken.

»Nächste Woche bekomme ich von dir einen Aufsatz über Normen und Werte. Ich bin gespannt, was du dazu zu sagen hast.«

Das kann doch wohl nicht wahr sein! »Aber Herr Hoekstra, ich ...«

»Kein Aber.« Er wirft das Heft auf meinen Tisch und lächelt den Rest der Klasse an. »Jetzt machen wir weiter. Wusstet ihr, dass die Fotosynthese eine wichtige Rolle beim Abbau von Kohlenstoff spielt?«

Während Herr Hoekstra weiterspricht, starre ich auf meine Hände, die reglos auf dem Tisch liegen. Am liebsten würde ich weinen, aus der Klasse rennen oder brüllen, dass das Gerrit-van-der-Veen-Gymnasium die bescheuertste Schule der Niederlande ist.

Stattdessen tue ich so, als ließe mich das alles kalt.

Ich schlurfe durch den Flur zum Ausgang. Es ist so voll, dass sich dauernd jemand an mir vorbeischiebt oder mich anrempelt. Ich suche mein Spiegelbild in der Fensterscheibe. Ein Mädchen mit schulterlangem blondem Haar und einer dunkelblauen Jacke. Ich bin so durchschnittlich, dass ich mich nicht finden kann zwischen all den anderen Schülern.

Ich verlasse den Strom durch den Seitenausgang. Kalter Wind bläst mir ins Gesicht und ich ziehe meinen Reißverschluss zu. Schnell gehe ich zum Fahrradstellplatz. Ein Junge schließt sein Schloss auf und zwei unterhalten sich. Den Blick auf den Boden gerichtet gehe ich um die Ecke zu meinem Rad.

Ich öffne das Schloss und will mein Rad aus dem Abstellständer ziehen, doch eine Pedale bleibt im Vorderrad eines anderen Fahrrads hängen. Shit, auch das noch. Ich zerre an meinem Lenker und stemme meinen Fuß gegen den Ständer, um das Problem mit Gewalt zu lösen. Warum klappt das jetzt nicht? Warum ...

Plötzlich schießt mein Fahrrad heraus wie eine Rakete.

Im selben Moment höre ich hinter mir jemanden rufen: »Mensch, pass doch auf!«

Erschrocken sehe ich mich um. Ein Junge mit dunklem Haar springt zur Seite. Um ein Haar hätte ich ihn erwischt.

»S-sorry, ich hab dich nicht gesehen«, stottere ich.

Schweigend sieht er mich an. Er könnte da schon ein paar Minuten stehen oder auch nur ein paar Sekunden.

»Entschuldige«, sage ich noch mal, weil mir nichts Besseres einfällt.

Da lächelt er. »Hey, so schlimm ist es nun auch nicht. Ich lebe ja noch.«

Ich mustere meine Schuhe, die Ritzen zwischen den Bodenplatten, die Kippen.

»Aber du sieht so aus, als ob du einen echten Scheißtag hinter dir hast«, höre ich ihn sagen. »Geht's einigermaßen?«

Jemand, der nett zu mir ist! Tränen schießen mir in die Augen.

Wenn ich nicht aufpasse, stehe ich gleich heulend vor einem wild-fremden Jungen. »Ja, ja,«, sage ich heiser.

»Hm, ich glaub dir kein Wort«, sagt er freundlich. »Erzähl schon. Was war los?«

Ich hebe den Kopf und sehe ihm in die Augen. Etwas an der Art, wie er mich ansieht – wirklich interessiert und hilfsbereit –, bringt mich dazu, ihm alles zu erzählen.

»Also, das war so. Ich hatte in der Sechsten Erdkunde«, fange ich an.

»Bei Hoekstra?«

»Ja, und da ...« Ich will cool bleiben, alles als einen großen Witz abtun, doch das klappt nicht. »Ich hatte ›Scheißstunde‹ in mein Heft geschrieben und er hat das gesehen«, sage ich mit einer Stimme, der man die Anspannung anhört. »Und der Rest der Klasse auch.«

Er guckt einen Moment erstaunt, doch erholt sich schnell. »Mach dir keine Sorgen. Jeder hat mal Probleme mit Hoekstra. Der ist schon so lange an dieser Schule, dass er selbst ein Kohlen-stofffossil geworden ist. Nächste Stunde hat er alles wieder ver-gessen, glaub mir.«

»Echt?«

»Echt.«

Ein Weilchen sehen wir einander einfach nur an.

»Dumm von mir, ich habe mich gar nicht vorgestellt«, sagt er dann und gibt mir die Hand. »Luuk Staals. Ich gehe in die Elf c, aber ich bin gerade ein paar Wochen außer Gefecht gewesen.« Er zuckt mit den Schultern, als wolle er lieber nicht darüber reden.

Ich grabe in meinem Gedächtnis. Luuk Staals ... Wo habe ich diesen Namen bloß schon mal gehört?

Nach ein paar Sekunden gebe ich es auf. »Tess van der Pluim. Ich ... ich bin neu an der Schule.«

»Freut mich«, sagt Luuk.

Ich lächle verlegen.

Er lächelt auch, aber irgendwie erreicht das Lächeln seine Augen nicht. Sein trauriger Blick hält mich gefangen. »Du erinnerst mich an jemanden«, sagt er dann auf einmal. »Sie hatte auch so blonde Haare wie du und ...« Er unterbricht sich mitten im Satz und wendet den Blick ab. »Egal, spielt keine Rolle.«

Wer denn, will ich fragen, aber die Gelegenheit bietet sich nicht, denn Luuk sagt: »Ich muss los.« Er geht weg. »Halt die Ohren steif!«, ruft er noch über die Schulter.

»Du auch«, murmle ich, aber das hört er wahrscheinlich nicht mehr.

Kapitel 23

»Ich gehe Hausaufgaben machen«, sage ich, nachdem ich meinen Tee in Rekordgeschwindigkeit ausgetrunken habe.

»Jetzt schon?« Meine Mutter sieht mich verwundert an. »Du bist doch gerade erst nach Hause gekommen.«

»Tut mir leid, Mama, aber ich habe furchtbar viel zu tun«, lüge ich. »Morgen müssen wir ein Exposé für unsere Hausarbeit abgeben.«

»Soll ich dir helfen?«, fragt sie. »Ich habe heute Nachmittag keine Patienten mehr.«

Hilfe, nee, bloß nicht! »Nö, ist nicht nötig«, sage ich schnell. »Ich muss ja auch lernen, wie man so ein Exposé schreibt.«

Meine Mutter zieht eine Augenbraue hoch und sagt dann langsam und ungläubig: »Äh, ja, na klar. Ruf mich, wenn du Hilfe brauchst, ja?«

»Okay.«

Wie starren einander ein Weilchen an. Meine Mutter schlingt die Arme um ihren Oberkörper, als sei ihr kalt. Dann sagt sie auf einmal: »Wusstest du, dass sich noch ein Mädchen von der Spinoza-Schule das Leben genommen hat?«

Einen Moment lang weiß ich nicht, was ich sagen soll. »Äh, nee«, sage ich dann.

Sie setzt sich anders hin. »Gestern Abend wurde sie ...« Meine Mutter sucht merklich nach den richtigen Worten. »Sie hat sich auf die Gleise gelegt.«

Auf einmal wird mir eiskalt. »Wo?«

»Oh, äh, das weiß ich nicht ...« Sie sieht mich befremdet an. »Ich glaube, irgendwo in der Nähe des Hauptbahnhofs. Spielt das eine Rolle?«

Das Bild des weißen Lakens steigt wieder in mir auf. Ich schließe die Augen im Versuch, es loszuwerden. Ein Fehler, denn jetzt kommt es mir so vor, als läge ich selbst hinter dem Laken. Ich spüre die Schienen in meinen Rücken. Die kalten Regentropfen ...

»Es kam vorhin in den Nachrichten«, höre ich meine Mutter sagen. »Schrecklich, nicht?«

Ich öffne die Augen.

»Tess?«, fragt sie. »Alles in Ordnung?«

Ich verdränge das weiße Laken aus meinem Kopf. »Ja, ja, bestens.« Mit einem Ruck schiebe ich meinen Stuhl nach hinten. »Ich gehe Hausaufgaben machen.«

Meine Mutter legt ihre Hand auf meinen Arm, wodurch ich wohl oder übel stehen bleiben muss. »Tess?«

»Ja?«

Sie holt tief Luft. »Bist du eigentlich glücklich?«

Was ist das denn jetzt wieder für eine bescheuerte Frage? »Wieso?«, frage ich patzig.

»Ich weiß, dass der Umzug für dich nicht leicht gewesen ist. Und dass du deine alte Schule vermisst.« Sie wählt ihre Worte vorsichtig. »Aber du kannst mir jederzeit alles erzählen. Das weißt du doch, oder?«

»Ja, Mama.« Ich schüttle ihre Hand ab. »Ich gehe nach oben.«

»Gut, mein Schatz«, sagt sie mit einem Seufzer. »Viel Erfolg bei der Hausarbeit.«

Ich fühle den Blick meiner Mutter in meinem Rücken, als ich mit meiner Schultasche aus der Küche gehe.

In meinem Zimmer ist es dämmrig, fast dunkel. Ich setze mich an den Schreibtisch und lasse meine Tasche auf den Boden fallen. Dunkelgraue Wolken hängen vor meinem Fenster, gefüllt mit Regen und Kälte. Ich nehme mein Handy und öffne die Whats-App-Gruppe mit Julia, Amber und Demi. Es ist schon eine Woche her, dass ich etwas von ihnen gehört habe. Als ich noch in Zeist wohnte, waren wir jeden Tag in Kontakt.

Hallo, schicke ich.

Ich warte eine Minute. Es kommt keine Antwort.

Hallo, tippe ich noch einmal. *Wo seid ihr denn?*

Juhuuu?

Ich starre auf das Display, aber es bleibt leer. Es ist fünf Uhr, sie sind also schon lange zu Hause. Und sie haben donnerstags kein Hockeytraining. Wo sie sich wohl herumtreiben?

Sie unternehmen was ohne dich.

Ich muss weg, lüge ich. *Ciaoi!*

Mit brennenden Augen stecke ich mein Handy weg und klappe mein Notebook auf. Ich doppelklicke auf das Symbol der Chatseite. WILLKOMMEN, BUTTERFLY erscheint links oben am Bildschirmrand.

Bist du da?, tippe ich.

Sofort kommt eine Nachricht von x_quinty_x zurück.

Jaaaa 😊

Was machst du denn gerade?, frage ich.

Lernen 😭 *Morgen Geschichtsklausur.*

Oh nein! Ich drück die Daumen!

Danke! Wie geht's dir denn?

Schlecht 😔

Oh weh! Was ist denn los?

Ein Mädchen hat sich gestern umgebracht und ich hab's gesehen.

Innerhalb weniger Sekunden erscheint Quintys Antwort:

Omg! 😱 *Wie das denn?*

Sie hat sich auf die Gleise gelegt und ich bin vorbeigeradelt, als es gerade passiert war.

😭 *R. I. P.*

Ja ...

Das Display bleibt ein paar Sekunden leer.

Ich muss weiterlernen, schreibt Quinty dann. *Tschüss!*

Nur Mut! 💪 📷 *Tschüss!*

Quintys Profilfoto verschwindet, ein Schwarz-Weiß-Foto von einem Mädchen mit einer großen Sonnenbrille. Es fühlt sich so an, als ob ich sie schon jahrelang kenne, dabei habe ich sie erst vor ein paar Tagen auf dieser Chatseite kennengelernt. Aus dem Nichts schickte sie mir auf einmal eine Nachricht. Es klickte sofort.

Mit Angel, die eigentlich Louise heißt, bin ich schon seit meinem Umzug in Kontakt. Ich schaue in meiner Inbox nach, ob ich ihr Winnie-Puuh-Profilfoto sehe. Wieder nichts. Es ist schon drei Wochen her, dass wir uns verabredet hatten. Ob sie mir noch böse ist?

»Tess?«, höre ich meine Mutter hochrufen.

Blitzschnell klappe ich mein Notebook zu. Sie darf nicht sehen, dass ich chatte.

»Möchtest du noch Tee?«, ruft sie.

»Nein, danke.«

Es ist kurz still. »Okay, mein Schatz.«

Ich höre, wie sie in die Küche zurückgeht und mit Tassen klappert, als hätte sie mit einer anderen Antwort gerechnet.

Ich nehme meine Schultasche. Es ist wohl besser, wenn ich so tue, als ob ich Hausaufgaben mache. Ich wühle in den Büchern, die durcheinander im großen Fach liegen. Vielleicht kann ich ja mit...

Da sehe ich den weißen Umschlag. Zwischen dem Erdkundebuch und dem Hausaufgabenheft. Mein Name steht in ordentlichen Blockbuchstaben auf der Vorderseite.

Es war so was von simpel, ihr den Brief heute Nachmittag in die Tasche zu stecken. Ich habe das Ende der sechsten Stunde abgewartet. Dann habe ich mich in einem Schülerstrom treiben lassen, bis ich genau hinter Tess ging. Ich konnte einen Fleck auf ihrer dunkelblauen Jacke erkennen und die fransigen blonden Haarsträhnen, die ihr über die Schultern hingen. Sie schien einen anstrengenden Tag gehabt zu haben.

Ich griff in meine Jackentasche. Der Brief fühlte sich kühl und vertraut an. Immer mit der Ruhe, sagte ich mir. Steck einfach den Brief in ihre Schultasche und geh dann weiter. Zum Glück war ihre Tasche halb geöffnet.

Ich holte tief Luft und ließ den Brief zwischen die Bücher in ihrer Tasche gleiten. Ganz flüchtig berührte mein Arm ihren, aber sie merkte es nicht. Ich war unsichtbar zwischen all den warmen, schubsenden Körpern.

Bingo, dachte ich. Gut gemacht! Okay, es war riskant gewesen, es so zu machen, aber die Wirkung ist auf diese Weise viel nachhaltiger als die eines stinknormalen Umschlags auf der Fußmatte.

Ohne mich umzusehen, bin ich in einen Seitengang eingebogen und über einen Umweg nach draußen gelangt.

Ich konnte ja nicht ahnen, dass ich Tess kurz darauf am Fahrradstellplatz wiedersehen würde.

Aber sie hat nichts gemerkt.

Glaube ich.

Hoffe ich.

Kapitel 24

»Kaffee? Tee?«, fragt die Polizistin.

»Nein, danke«, antwortet meine Mutter für uns beide.

Es tritt kurz Stille ein, als wüsste keine von uns, was sie sagen soll.

»Okay«, sagt die Frau dann lächelnd. »Was kann ich für Sie tun? Du hattest einen Brief bekommen, nicht wahr?« Sie sieht mich an.

Ich fühle, wie ich knallrot werde. »Äh, ja«, stammle ich. »Zwei Briefe.«

Ich erzähle ihr von den Briefen. Ab und zu stellt die Polizistin eine Frage oder notiert etwas.

»Und was stand in dem Brief von heute?«

»Das hier.«

Ich gebe ihr den Zettel. Sie legt ihn vor sich ab und liest stirnrunzelnd den handgeschriebenen Text. Ich lese über Kopf mit:

HALLO TESS, HAST DU VIEL AN MICH GEDACHT? ICH DENKE DIE GANZE ZEIT AN DICH. MÖCHTEST DU WISSEN, WAS ICH MIT DIR TUN WERDE? NOCH EIN KLEIN BISSCHEN GEDULD ...

»Und dieser Brief war in deiner Schultasche?«, fragt sie. In den Worten schwingt mehr Unglaube als Sorge mit.

»Ja, ja«, beeile ich mich zu sagen. »Jemand muss ihn heute da reingesteckt haben.«

»Hm.« Sie verschränkt die Arme und denkt nach. »Kannst du dir vorstellen, wer dir diese Briefe geschrieben haben könnte? Hast du mit irgendjemandem Streit, ist irgendein Junge verliebt in dich oder ist irgendetwas anderes vorgefallen?«

Ich kaue auf meinem Nagel herum. »Nee, ich glaube nicht.«

Es tritt Stille ein.

»Hör zu, Tess. Ich verstehe, dass dich diese Briefe beunruhigt haben.« Die Polizistin lächelt mich an, als seien wir gute Freundinnen.

Ich lächle vorsichtig zurück.

»Aber ich würde mir keine allzu großen Sorgen machen«, fährt sie fort.

»Hä?«

»Ich glaube, das ist nur eine Freundin, die sich einen Scherz erlaubt.« Sie beugt sich vertraulich vor. »Oder vielleicht hast du ja einen Verehrer.«

Das fühlt sich an wie ein Schlag ins Gesicht. Meine Wangen fangen an zu prickeln. »Aber diese Briefe sind doch nicht normal?«, rufe ich verzweifelt.

»Sie sind ärgerlich«, sagt die Polizistin sachlich. »Aber kein Richter wird jemanden hierfür verurteilen.« Sie trommelt mit den Fingern auf den Schreibtisch. »Darf ich dich etwas fragen? Hast du in letzter Zeit das Gefühl, dass du verfolgt wirst?«

»N-nein«, sage ich zögernd.

»Wirst du außer in diesen Briefen noch auf andere Weise bedroht?«

Ich schüttle den Kopf.

Sie seufzt, was offensichtlich heißen soll: Siehst du wohl, dass kein Grund zur Aufregung besteht?

Meine Mutter räuspert sich. »Aber was meint der Briefeschreiber mit ›die Nächste‹ im ersten Brief? Gibt es etwa noch mehr Mädchen, die solche Briefe bekommen haben?«

»Nicht, dass ich wüsste«, sagt die Frau achselzuckend. »Aber ich kann gerne mal eben in unsere Datenbank gucken, wenn es Sie beruhigt.« Sie runzelt die Stirn. »Mal sehen. Drohbriefe, Mädchen, Amsterdam, weiterführende Schulen, Stalker.« Blitzschnell tippt sie die Wörter und drückt dann auf Enter.

»Nichts«, sagt sie ein paar Sekunden später lächelnd.

»Und wenn Sie den Suchauftrag genauer formulieren?«, beharrt meine Mutter. »Können Sie dann vielleicht etwas finden?«

»Nein«, sagt die Polizistin entschieden. »Wenn etwas Vergleichbares gemeldet worden wäre, hätte ich es jetzt gefunden.« Sie sieht auf die Uhr. Offenbar ist ihre Geduld mit uns bald erschöpft. »Ich verstehe Ihre Besorgnis, aber so etwas geht meist von alleine vorbei.« Sie lächelt noch einmal und steht auf. »Sie können mich jederzeit anrufen, wenn ein wirklich unangenehmer Brief kommt.« Sie betont das Wort »wirklich«.

Wir stehen auch auf.

Die Polizistin hält uns die Tür auf. »Die Rezeptionistin wird Ihnen beim Ausfüllen des Protokolls Ihrer Aussage behilflich sein.« Und zu mir: »Und nicht so viel grübeln!«

Mir fällt keine Entgegnung ein. Und meiner Mutter wohl auch nicht, denn es kommt nichts.

»Schönen Abend noch, die Damen.« Die Polizistin schließt die Tür, als habe sie Angst, dass wir wieder zurückkommen könnten.

Draußen ist es dunkel, als wir endlich die Polizeiwache verlassen. Die Scheinwerfer der Autos, Straßenbahnen und Radfahrer bewegen sich wie eine weihnachtliche Lichterkette über die stark befahrene Marnixstraat. Die Polizeiwache hinter uns mit ihren hohen Mauern, Bogenfenstern und Türmen sieht aus wie ein Gefängnis.

Meine Mutter nimmt mich an der Hand. Ich bin zu müde, um mich loszureißen.

»Bist du jetzt beruhigt, mein Schatz?«, fragt sie.

Ich zucke mit den Achseln.

»Was die Polizistin sagte, klang doch plausibel«, sagt sie lächelnd. »Findest du nicht?«

Weil ich schweige, fährt sie fort: »Vielleicht hast du in letzter Zeit ein bisschen zu viel um die Ohren.« Sie zögert kurz. »Da fällt es einem manchmal schwer, Dinge zu relativieren.«

Wir betreten dünnes Eis. Ich wechsle schnell das Thema: »Ich glaube auch, dass die Briefe ein Scherz waren, Mama.«

»Wirklich?« Meine Mutter sieht mich erstaunt an.

»Ja, wahrscheinlich war es jemand aus der Schule«, sage ich locker. »Der lacht sich jetzt sicher tot.«

Einen Moment ist es still.

»Schön, dass du es so siehst, Tess«, sagt sie schließlich und drückt leicht meine Hand. »Weißt du was? Papa isst heute Abend nicht zu Hause. Wollen wir uns Pizza bestellen?«

»Prima Idee, Mama«, antworte ich so begeistert wie möglich.

Wir gehen zum Auto, das an der Stadhouderskade steht. Bei jedem Schritt habe ich das Gefühl, dass sich die Dunkelheit hinter mir bewegt. Aber jedes Mal, wenn ich über meine Schulter gucke, sehe ich niemanden.

»Sonst bleib doch morgen einfach mal einen Tag zu Hause«, schlägt meine Mutter vor, als wir einsteigen. »Dann gehst du nur zum Hockeytraining, okay?«

Ich zwinge mich zu lächeln. »Okay, Mama, gute Idee.«

Kapitel 25

Ich liege auf dem Rücken und betrachte den Streifen Sonnenlicht, der an meiner Zimmerdecke verläuft. Es ist so still im Haus, dass es fast unwirklich ist. Bei den Nachbarn höre ich gedämpft eine Tür zuschlagen. Jemand geht die Treppe hoch. Dann ist es wieder still.

Auf meinem Handy sehe ich, dass es acht Minuten nach elf ist. Eigentlich hätte ich jetzt Englisch, aber meine Mutter hat mich krankgemeldet.

Der Sonnenlichtstreifen kriecht langsam über die Decke. Ich beobachte ihn eine Weile, bis er über die Wand aus meinem Zimmer verschwindet. Ich fühle mich dadurch auf einmal ganz leer, als sei ich jetzt erst wirklich allein zu Hause.

Mit einem Seufzer stehe ich auf. Im Schlafanzug gehe ich in die Küche, mit gespitzten Ohren auf jedes Geräusch achtend, aber es bleibt totenstill.

Auf dem Küchentisch stehen noch die Frühstückssachen meiner Eltern. Teller, Kaffeebecher, *De Telegraaf*. Als ob sie es heute Morgen sehr eilig gehabt hätten, zur Arbeit zu kommen.

Ich nehme einen Apfel aus dem Obstkorb und setze mich an den Tisch. Mit dem Finger fege ich einen Brotkrümel von links nach rechts.

Elf vor halb zwölf.

Vielleicht ist Quinty ja online. Ich öffne die App auf meinem Handy und schicke ihr eine Nachricht: *Bin krank zu Hause*

Sie antwortet nicht. Wahrscheinlich ist sie in der Schule und grübelt über ihrer Geschichtsarbeit. Auf der Straße gibt ein Motorroller Gas und fährt davon.

Die ganze Welt tut irgendetwas, nur ich tue nichts. Aus Langeweile ziehe ich die Zeitung zu mir herüber. Ich blättere eine Seite um und noch eine. Da fällt mein Blick auf einmal auf eine kurze Meldung links unten.

SELBSTMORDWELLE AN AMSTERDAMER SCHULE

Von **Hans Peetoom**

AMSTERDAM – Die Spinoza-Schule in Amsterdam wird erschüttert durch eine ungewöhnliche Serie von Selbstmorden. In kurzer Zeit haben sich drei Schülerinnen das Leben genommen.

Gestern Nachmittag gab die Schule bekannt, dass die 16-jährige Yara am Mittwochabend von einem Zug erfasst worden ist. Kurz zuvor war bereits bekannt geworden, dass zwei andere Schülerinnen ihrem Leben ein Ende gesetzt hatten.

»Der Tod der Schülerinnen hat unsere Schule schwer getroffen«, so Direktor Bart Kraakman. Laut Kraakman habe es keine Anzeichen von Mobbing gegeben. »Aber wir lassen die Vorfälle untersuchen, um das mit Sicherheit ausschließen zu können. Die Eltern der Mädchen werden bei diesen Untersuchungen mit eingebunden.«

Die Trauer unter den Mitschülern ist groß. »Yara war meine beste Freundin«, so die schwer erschütterte Romee Verbeek. »Ich habe heute Nacht nicht schlafen können.«

An der Schule wurde für Schüler, die der Mädchen gedenken wollen, ein Raum der Stille eingerichtet. Darüber hinaus wurde in allen Klassen über die Selbstmorde gesprochen.

»Ein Selbstmord kann zu noch mehr Selbstmorden führen. Jugendliche sind dafür anfällig, etwa wenn sie in der Schule oder ihrem Freundeskreis unter Druck stehen«, so der Sprecher der Selbstmord-Hotline 113Online. »Es ist wichtig, dass die Schüler auch weiterhin über ihre Gefühle sprechen.«

Ich schließe die Zeitung und schaudere. Yara hieß sie also und sie war genauso alt gewesen wie ich. Ob sie mit den anderen beiden Mädchen wohl befreundet gewesen war? Ich versuche, sie mir vorzustellen, bevor sie Selbstmord verübt hat, aber es gelingt mir nicht.

Ich starre auf mein Handy. Wie von selbst öffnen meine Finger den Browser und tippen: YARA + SPINOZA-SCHULE + SELBST-MORD. Ganz schön bescheuert, denke ich. Und doch drücke ich auf Enter.

Im Internet ist Yara noch quicklebendig. Dutzende Fotos von einem Mädchen mit schulterlangem blondem Haar laufen über mein Display. Auf manchen steht R. I. P. Oder WIR VERMISSEN DICH SO SEHR. Das muss sie sein.

Ein Foto fällt mir besonders auf. Yara lehnt an einem Baum in einem großen Garten oder einem Park. Im Gras verläuft ein langer Schatten, wahrscheinlich von der Person, die das Foto gemacht hat. Sie ist nicht wirklich hübsch mit ihrem schmalen Gesicht und dem blonden Spaghettihaar, trotzdem guckt sie sehr selbstsicher. Ein bisschen genervt sogar, als ob sie sich über den Fotografen ärgert.

Ehrlich gesagt sieht sie nicht wie jemand aus, der sich umbringt. Und doch hat sie es getan ... Der Gedanke an das weiße Laken schnürt mir die Kehle zu.

Schnell gebe ich auf Google einen neuen Suchauftrag ein: MÄDCHEN + AMSTERDAM + SELBSTMORD. Nach kurzer Suche habe ich auch die Namen und Fotos der anderen beiden Mädchen gefunden: Leila und Kate. Ich kopiere die Fotos von Yara, Leila und Kate und stelle sie nebeneinander. Sie ähneln einander und dann auch wieder nicht.

Das Foto von Leila ist klein und rechteckig wie ein Passfoto. Ein Mädchen mit schulterlangem blondem Haar, Sommersprossen und einem Strickpulli, durch den sie dicker wirkt, als sie wahrscheinlich ist. Sie sieht an der Kamera vorbei, als ob sie nicht gerne fotografiert wird.

Kate sitzt auf einer Terrasse vor strahlend blauem Himmel. Sie lacht und macht ein Victory-Zeichen mit den Fingern. Ihre langen blonden Haare glänzen in der Sonne. Es ist die Art Foto, die man als Profilfoto verwendet, weil das eigene Leben darauf perfekt aussieht.

Ich starre die Fotos ein Weilchen an. Leila, Kate und Yara starren reglos zurück. Es fühlt sich fast so an, als wollten sie mir etwas erzählen. Warum wollten diese drei Mädchen sterben?, denke ich. Warum?

Mir kommt eine Idee. Es ist eine bescheuerte Idee, die wahrscheinlich völlig sinnlos ist, mir aber nicht mehr aus dem Kopf gehen will. Ich gucke auf die Uhr. Es ist halb eins. Um vier fängt das Hockeytraining an. Wenn ich jetzt losfahre, schaffe ich es ganz entspannt.

Ich laufe nach oben, um mich umzuziehen. Zu meinem eigenen Erstaunen merke ich, dass ich lächle. Endlich habe ich einen Plan.

Wo fährt die blöde Ziege denn jetzt schon wieder hin? Etwas in ihrem Blick gefällt mir nicht. Erst die Polizei, jetzt das. Lernt sie denn nie aus ihren Fehlern?

Kapitel 26

Viertel nach eins und überall sind Menschen.

Ich überhole Radfahrer, rase an Fußgängern vorbei, schlängle mich zwischen Autos hindurch. Es fühlt sich an, als sei ich unsichtbar in diesem mittäglichen Verkehrschaos. Am Ende der Nassaukade biege ich rechts ab Richtung Haarlemmer Houttuinen. Ich weiß, wo ich hinmuss. Ich bin diese Route schon einmal geradelt. An der Ecke Westerdokskade halte ich an. Hier irgendwo war es doch?

Ich schließe mein Fahrrad an einen Laternenpfahl an und überquere die Straße. Ein meterhoher, feinmaschiger Drahtzaun versperrt den Zugang zum Bahndamm. Natürlich. Dumm von mir. Ich gehe ein Stück am Zaun entlang in der Hoffnung, irgendwo einen Durchgang zu finden. Zwischen den Sträuchern liegen leere Bierflaschen und Chipstüten, als hätten ein paar Jungs hier gestern Abend gefeiert.

Ich will gerade aufgeben, als ich auf einmal etwas sehe. Hinter einem Baum scheint der Draht ein wenig eingedrückt zu sein. Oder bilde ich mir das nur ein? Neugierig gehe ich hinüber. Ich drücke gegen den Zaun. Er federt nach ... und springt auseinander. Es sieht so aus, als ob ihn jemand durchgeschnitten und danach fein säuberlich wieder zusammengebogen hat.

Tu's! Hinter diesem Baum sieht dich niemand! Ich werfe einen Blick über die Schulter, atme tief durch und schlüpfe durch die Öffnung. Ein paar Sekunden bleibe ich stocksteif stehen. Das Herz schlägt mir schnell und hart bis zum Hals, aber sonst ist alles totenstill. Gott sei Dank! Niemand hat mich gesehen.

Vorsichtig setze ich mich in Bewegung. Im Schatten des Zaunes gehe ich den Bahndamm entlang. Der Kies knirscht unter meinen Sohlen. Ich sehe, wie die Sonne sich auf den Schienen widerspiegelt. Alles sieht so gleich aus. *Wo war es bloß? Komm schon, denk nach.* Da erinnere ich mich an die Bushaltestelle, an der die Schaulustigen standen. Ich blicke zur Straße hinüber und sehe die Bushaltestelle ungefähr zehn Meter weiter.

Schnell gehe ich zu der Stelle hinüber. Von Yara keine Spur. Alles sieht dort so normal aus, dass es fast enttäuschend ist. Was hatte ich denn erwartet? Absperrband? Blutspuren? Kuscheltiere und Blumen? Ein Briefchen von Yara mit dem Text: *Tut mir leid, Tess, dass du das mitansehen musstest, aber ich wusste nicht, dass du um die Zeit von der Bibliothek nach Hause radeln würdest?*

Ich bücke mich und berühre die kalten Schienen. Warum legt man sich wohl hier hin und wartet auf einen Zug? Dann kann man doch besser einfach von einer Brücke springen. Oder spinne ich? Die Frage geistert unbeantwortet durch meinen Kopf.

Aus der Ferne erklingt ein Grollen. Die Schienen unter meiner Hand fangen an zu vibrieren. Erschrocken schaue ich auf. In der Ferne kommt ein Zug um die Kurve. Es ist wie in einem Albtraum. Ich weiß zwar, dass sich ein Zug nähert, aber ich kann mich nicht bewegen. *Ob Yara wohl auch so geguckt hat?*

Der Zug hupt hoch und langgezogen. Das Gefühl in meinen Muskeln ist schlagartig wieder da, ich mache einen Satz rückwärts, bis ich mit dem Rücken am Zaun stehe. Das Sonnenlicht sticht in meinen Augen. Ich höre mein Blut in den Ohren rauschen. Und dann rattert der Zug mit einer Höllengeschwindigkeit vorbei. Der Luftdruck presst mich gegen den Zaun. Nach wenigen Sekunden ist es vorbei. Die roten Rücklichter des Zuges verschwinden in der Ferne, als ob nichts gewesen wäre.

Ich atme tief ein, bis meine Lungen wehtun. Ich hätte nicht hierherkommen sollen. Mühsam drehe ich mich um und erstarre.

Zwei Männer in orangen Overalls streifen mit ihren Kehrgeräten und Mülltüten zwischen den Sträuchern umher, und das direkt vor dem Loch im Zaun. Etwas weiter entfernt steht ihr Wägelchen der Straßenreinigung auf dem Gehweg. Sie sehen nicht so aus, als hätten sie es eilig.

Mir wird klar, dass ich nicht durch das Loch zurückkann. Aber hierbleiben kann ich auch nicht.

Ich sitze fest.

Verzweifelt blicke ich mich um. Und da sehe ich etwas. Auf der anderen Seite der Gleise glänzt ein Zaun aus Metallstäben in der Sonne. Ist das ein Treppengeländer?

Ich zögere vielleicht eine Sekunde, aber es kommt mir viel länger vor. Dann laufe ich los. Über Schienen, Schwellen und Weichen, während ich ständig gehetzt hin und her blicke, um zu sehen, ob auch kein Zug kommt. Das letzte Stück lege ich halb rennend, halb stolpernd zurück. Erleichtert erreiche ich die andere Seite.

Es ist tatsächlich ein Treppengeländer! Die Treppe führt die steile Böschung hinab auf einen Zaun aus Eisenstäben zu. An der Stelle, wo der Zaun auf die Bahnüberführung trifft, ist eine Lücke.

Immer zwei Stufen zugleich nehmend, springe ich die Treppe hinab und quetsche mich durch die schmale Öffnung, bis ich auf dem Gehweg an der anderen Seite des Zauns stehe. Jetzt erst nehme ich meine Umgebung wahr. Kräne, Lagerhallen ... wo bin ich hier bloß gelandet? Ich schaudere und stecke die Hände in die Jackentaschen. Wenn ich dem Bahndamm folge, kommt sicher irgendwo ein Tunnel zur anderen Seite der Stadt.

Oder?

Zögernd setze ich mich in Bewegung. Es ist, als scheine hier die Sonne nicht; alles ist dunkel, kalt und zugig. Vielleicht kommt es durch die seltsame Stille oder durch die großen Container am Straßenrand, jedenfalls habe ich das Gefühl, dass ich hier so schnell wie möglich verschwinden sollte.

Ich versuche mir zu überlegen, welchen Weg ich am besten nehmen sollte. Von der Straßenlaterne zur Ecke, an der Grünanlage vorbei und ...

Ein Rascheln. So leise, dass ich es fast nicht höre.

Ich bleibe stehen. Mit Blicken suche ich die dichten Sträucher neben mir ab. Bewegt sich da etwas? Läuft da vielleicht ein Hund durchs Gebüsch? Oder war es der Wind?

Ein paar Sekunden ist es totenstill, doch dann höre ich es wieder. Brechende Zweige, als ob jemand durchs Gebüsch in meine Richtung läuft.

Ich mache einen Schritt rückwärts. Und noch einen. Eine kleine, ängstliche Stimme in meinem Kopf sagt: Wenn jetzt die Briefe doch kein Scherz waren ... Auf einmal sehe ich einen langen Schatten zwischen den Bäumen.

Das Gefühl der Unruhe weicht der Panik. Ich weiche zurück, trete auf die Fahrbahn.

»Pass doch auf, du blöde Kuh!«, höre ich jemanden rufen.

Völlig aufgelöst drehe ich mich um.

Ein Junge mit braunen Locken und einer Trainingsjacke kann gerade noch rechtzeitig bremsen, bevor er mit seinem Fahrrad in mich reingebrettert wäre. »Bist du blind oder was?« Er sieht mich an, als hätte ich seinen Tag ruiniert.

»Tut mir leid«, stammle ich. »Aber da ist jemand im Gebüsch.«
Ich zeige in die Richtung des Geräuschs, doch dort rührt sich
nichts, nicht mal ein Blättchen.

»Sehr witzig«, schnauzt der Junge. »Vielleicht war es der Niko-
laus. Sag ihm schöne Grüße, wenn du ihn siehst.« Er setzt zum
Weiterfahren an.

Nein, nicht wegfahren! Spontan rutscht mir heraus: »Darf ich
dich was fragen?«

Genervt zuckt er mit den Schultern.

»Kannst du mir vielleicht sagen, wie ich auf die andere Seite
des Bahndamms komme?« Ich setze mein zuckersüßestes Lächeln auf. »Ich bin spazieren gegangen und habe mich verlaufen.«
Ich lächle erneut.

Der Junge taut ein bisschen auf. »Das ist hier ja der ideale Ort
zum Spazierengehen für ein Mädchen ganz alleine.«

Ich merke, dass ich rot werde.

»Am Ende dieser Straße musst du nach links und dann durch
die Unterführung«, sagt er und springt auf den Sattel.

»Welche Straße denn?«, frage ich schnell.

Ich sehe ihm an, dass er mich für ziemlich dumm hält. »Es
gibt nur eine Straße«, sagt er seufzend. »Komm sonst einfach mit.
Dann zeige ich dir, wo du links ab musst.«

»Oh, echt? Vielen Dank!«, stottere ich. »Das ist supernett von
dir! Ich bin so ...«

»Ja, ja, schon gut.« Jetzt sieht er wieder genervt aus. »Hör mal,
ich hab nicht ewig Zeit. Lass uns gehen.«

Ich folge ihm. Weg von den Sträuchern. Weg von den Schatten.
Ich gucke mich noch einmal um. Da ist niemand. Jedenfalls, so-
weit ich sehen kann.

Kapitel 27

Die leuchtend grünen Kunstrasenfelder haben etwas von einem Labyrinth. Alles sieht hier gleich aus. Und überall stehen Jungen und Mädchen, die sich unterhalten. Wie soll ich je Feld 12 finden?

»Tess!«

Jemand ruft mich. Das kann nicht sein, denke ich.

»Tess! Hier!«

Ich sehe über die Schulter. In dem Moment erblicke ich ihn hinter dem Zaun eines der Kunstrasenfelder. Luuk Staals. Und er winkt mir zu!

Unsicher gehe ich zu ihm hinüber.

»Hallo, du«, sagt Luuk lächelnd. »Was machst du denn hier?«

»Hockey spielen«, sage ich mangels besserer Eingebungen. »Meine Mutter hat mich für eine Probestunde angemeldet.«

»Das klingt nicht so, als hättest du viel Lust darauf.«

»Nee, geht so.«

Wir lachen einander an und dann tritt Stille ein – ein unangenehmer Moment. Ich beobachte Luuk aus dem Augenwinkel. Sein Haar ist verwuschelt und er hat dunkle Ringe unter den Augen, als hätte er schlecht geschlafen.

»Hast du inzwischen mal wieder Erdkunde bei Hoekstra gehabt?«, fragt Luuk.

Ich schüttle den Kopf. »Nee, noch nicht.«

»Ruf mich sonst einfach an, wenn er dir dumm kommt.«

Luuk stützt die Ellenbogen auf den Zaun. Seine Hand berührt versehentlich meinen Arm. Wir erschrecken uns beide.

»Entschuldige«, murmelt er.

»Macht nichts«, sage ich cool.

Wir lächeln uns noch einmal an.

Ich fühle, wie etwas in meinem Bauch wächst. Warm und erwartungsvoll. Tu normal, Tess, sage ich mir. Du kennst den Jungen kaum. Er ist einfach nur nett zu dir.

»Hey«, sagt er. »In welcher Mannschaft machst du eigentlich das Probetraining?«

»Mädchen A6.«

»Viel Erfolg«, sagt er und zwinkert mir zu. »Das ist die Partymannschaft.«

Ich zucke mit den Schultern und tue so, als fände ich das total okay.

»Wo trainiert ihr denn?«, fragt Luuk.

»Äh, Feld 12«, sage ich und sehe mich suchend um.

Luuk lächelt oder vielleicht grinst er auch, weil er merkt, dass ich keinen blassen Schimmer habe, wo Feld 12 ist.

»Dann musst du am Clubhaus links. Dahinter liegt Feld 12.« Luuk beugt sich ein wenig über den Zaun und zeigt in die Richtung. Sein Gesicht ist jetzt so nah, dass ich einen Fussel an seiner Wimper hängen sehe. Luuk findet das anscheinend ganz normal, denn er wird nicht knallrot.

»Mann, kommst du noch? Wir wollen anfangen.« Ein Junge mit dunkelblondem Haar taucht hinter Luuk auf. Neben ihm steht ein Junge mit blonden Locken. Über dem Rand seiner Hockeysocke sieht man einen Verband.

»Bleib mal locker, ich hab mich nur kurz unterhalten.« Luuk

richtet sich auf und setzt einige Schritte rückwärts. Auf einmal scheint er meilenweit weg zu sein. »Tess, das sind Max und Kevin aus meiner Mannschaft«, sagt er. »Kevin und Max, das ist Tess, ein Mädchen aus meiner Schule.«

»Lächeln«, sagt der Junge, der Max heißt. *Whatever*, sehe ich ihn denken.

»Hallo, Tess, freut mich, dich kennenzulernen«, sagt Kevin und nickt. Er sieht mich komisch an.

Ich wende den Blick ab.

Ein Junge in Hockeyklamotten mit kurzem blondem Haar kommt auch zu uns herüber.

»Shit, Michael«, stöhnt Max.

»Alle warten auf euch«, sagt der Junge, als er den Zaun erreicht hat. »Ihr seid schon wieder die Letzten.« Es klingt quengelig.

»Auch hallo, Michael. Schön, dich zu sehen. Ja, uns geht es auch gut. Lieb, dass du fragst.« *Aber nicht echt*, erkenne ich an Max' Ton.

Der Junge wird feuerrot, wodurch man seine Sommersprossen fast nicht mehr sieht.

»Wir kommen schon, Michael«, sagt Luuk kurz angebunden. »Richte das dem Trainer ruhig schon mal aus.«

Der Junge starrt ihn an und dreht sich dann wortlos um.

Luuk macht seine Trainingsjacke zu. »Wir sehen uns in der Schule, Tess!«

»Äh, ja. Viel Spaß!«

»Dir auch!«

Ich blicke Luuk nach. Zusammen mit Max und Kevin geht er in die Mitte des Feldes, wo die anderen Jungen der Mannschaft bereits stehen. Es fällt mir auf, wie lässig und selbstbewusst Luuk sich bewegt. Plötzlich sehen Luuk, Max und Kevin wie auf Kommando gleichzeitig in meine Richtung.

Mir stockt der Atem.

Dann pfeift der Trainer und der Moment ist vorbei. Lachend verschwinden die Jungen in der Mannschaft. Ich bleibe noch einen Moment stehen und frage mich, ob ich das jetzt richtig gesehen habe.

Die Nummer 12 ist das allerhinterste Feld. Als ich endlich dort bin, hat das Training schon angefangen. Eine Gruppe Mädchen läuft um das Feld, während ein Mann in einem knallblauen Trainingsanzug ihnen zuruft: »Noch eine Runde, Mädels. In dem Tempo werden wir absteigen.«

Ich räuspere mich. »Hallo.«

Der Trainer hört mich nicht. »Hopp, hopp, hopp, schneller!«

»Hallo!«, rufe ich.

Immer noch keine Reaktion. Ich könnte genauso gut Luft sein. Also öffne ich das Tor und betrete das Feld.

Als ob der Trainer es gefühlt hätte, dreht er sich um. »Hey, du da«, sagt er verärgert. »Wir sind mitten im Training.«

»Ich komme für ein Probetraining«, sage ich leise.

»Stopp!«, brüllt er. Keuchend bleiben die Mädchen stehen.

»Entschuldige, was hast du gesagt? Probetraining?« Aus allem, was er sagt, klingt Verärgerung.

»Äh, ja, meine Mutter hatte deswegen angerufen.«

Ich hoffe, dass das niemand gehört hat, sehe jedoch, dass die Mädchen von dem Gespräch jedes Wort mitbekommen haben. Ein spöttischer Blick breitet sich auf ihren Gesichtern aus.

»Deine Mutter? Mal sehen.« Der Trainer zieht einen Zettel aus der Tasche und studiert ihn stirnrunzelnd.

Mach hinne, denke ich. Jede Sekunde dauert eine Ewigkeit, wenn einen alle anstarren. Ich gucke auf die Uhr und tue so, als merkte ich es nicht.

»Ah ja, hier steht's. Tess van der Pluim. Du hast vorher in Zeist gespielt, stimmt's?«

»Äh, ja, das stimmt.«

Er verschränkt die Arme vor der Brust. »Zeist ist aber schon was anderes als Amsterdam.«

Als ob ich das nicht wüsste!

»Schau einfach, ob du mitkommst.« Er klatscht in die Hände. »Mädels, wir üben jetzt Strafecken. Tess, du gehst zu Noa und Danique.«

Er zeigt auf zwei blonde Mädchen, die mich ansehen, als hätte ich eine ansteckende Krankheit. Sie stecken die Köpfe zusammen und fangen an zu tuscheln.

Widerwillig gehe ich zu ihnen hinüber. Warum nur fühlt sich in Amsterdam alles so an, als müsste ich wieder bei null anfangen?

»Seid ihr Noa und Danique?«, frage ich.

»Ja«, sagt das linke Mädchen, macht aber keine Anstalten sich vorzustellen.

»Äh, ich bin Tess.«

Sie nicken genervt. Verstehen sie wirklich nicht, wie schwer das hier für mich ist?

»Fang du ruhig an.« Das andere Mädchen gibt mir den Ball. »Er soll ins Tor, ne?« Aus ihrem Mund klingt das, als ob ich eine Vollidiotin wäre.

Denen werd ich's zeigen! Ich lege den Ball auf den Punkt, hole aus und knalle ihn mit voller Wucht in die linke obere Ecke.

Noa und Danique gucken mich an, als ob sie mich jetzt erst so richtig sehen.

Das ist ja wie im Süßigkeitenladen. Drei blonde Zicken nebeneinander. In Gedanken mache ich sie alle drei gleichzeitig kalt.

»Soll ich sie als Geschenk einpacken?«, fragt die Dame hinterm Verkaufstresen.

»Nein, danke, nicht nötig. Sie sind für mich selbst.«

»Viel Spaß damit!«

»Danke, wird schon.«

Wenn ich nicht so wütend wäre, würde ich lauthals über meinen eigenen Witz lachen.

Ich höre eine bekannte Stimme in meinem Kopf sagen: Erst Tess, Noa und Danique kommen danach. Weise Worte. Ich wünschte mir, dass ich diese Ruhe und Einsicht selbst noch hätte, doch ich bin müde. Kaputt. Manchmal weiß ich nicht, wie ich mich noch aufraffen soll. Die letzten Wochen fordern ihren Tribut.

Ich hänge mir meine Hockeytasche um und schleiche davon. Dem Trainer habe ich gesagt, dass mir eine alte Verletzung Probleme macht. Der gute Mann hat es mir ohne Weiteres abgenommen.

Kapitel 28

»Gut gemacht, Mädels!« Der Trainer pfeift ab. »Wenn ihr am Wochenende so spielt, gewinnen wir sicher.«

Ich gehe hinter den anderen Mädchen her zum Zaun. Mir ist wahnsinnig heiß, ich bin außer Atem und mein T-Shirt klebt an meinem Rücken. Trotzdem fühle ich mich gut.

»Tess, kann ich dich kurz sprechen?«, ruft der Trainer.

Verwundert bleibe ich stehen. Was denn jetzt schon wieder?

»Das war nicht schlecht«, sagt er, als er neben mir steht. »Sogar ganz und gar nicht schlecht.«

Meint er das ernst? Ich blicke ihn an, um zu sehen, ob er das nur höflichkeitshalber sagt.

»Hättest du Lust, noch mal mitzutrainieren?«

»J-ja.«

»Das nächste Training ist am Dienstag von fünf bis sechs.«

»Ah, äh, okay. Schön.« Die plötzliche Freude in meiner Stimme überrascht mich selbst.

»Dann sehe ich dich dort«, sagt er und winkt.

Ich nicke und sehe ihm nach, wie er mit den letzten Mädchen der Mannschaft vom Feld geht. Wieder bin ich alleine, aber diesmal fühlt es sich weniger schlimm an.

Mit den Händen in den Taschen gehe ich zu den Fahrradständern. Aus dem Augenwinkel versuche ich zu sehen, ob Luuk noch da ist, doch auf seinem Feld trainiert jetzt eine Mädchenmannschaft.

Der Fahrradstellplatz ist wie ausgestorben. Ich schlurfe mit meinen Hockeyschuhen durch eine dicke Laubschicht. Es riecht muffig und faulig. Ich drücke den Hockeyschläger in den Halter am Vorderrad.

Da springt mir etwas ins Auge. Ein weißes, doppelt gefaltetes Zettelchen am Lenker. Jemand hat es mit Sporttape an den Griff geklebt. Mit trockenem Mund reiße ich es ab.

BLÖDE ZIEGE! ICH BEOBACHTE DICH IMMER UND ÜBERALL

Die Handschrift ist genau dieselbe wie in den beiden anderen Briefen. Vielleicht ein wenig hastiger und nachlässiger geschrieben, aber todsicher dieselbe.

Es läuft mir kalt den Rücken hinunter. Ich gebe mir alle Mühe mir einzureden, dass alles in Ordnung ist. Dass es keinen Grund zur Angst gibt. Aber ich glaube mir nicht.

Mein Blick schweift über den Fahrradstellplatz und die Felder zum Wald hinüber. Die Bäume ragen schwarz und kahl in die Dämmerung. Irgendjemand muss mir diesen Brief an den Lenker geklebt haben, während ich beim Training war. Nur wer?

In der Ferne höre ich Hockeygeräusche, aber am Fahrradstellplatz ist es still. Unheimlich still. Ohne den Blick vom Wald abzuwenden, nehme ich mein Fahrrad aus dem Fahrradständer. Ganz langsam steige ich auf. *Ruhig bleiben, Tess, keine Panik!*

Wachsam radle ich davon. Der Radweg führt in den Amsterdamse Bos hinein. Der letzte Rest Tageslicht verschwindet und schon bin ich von den dunklen Schatten des Waldes umschlossen.

Ich gucke ständig nach links und rechts und hinter mich. Ich bin ganz allein. Trotzdem werde ich das Gefühl nicht los, dass mich jemand beobachtet.

Sie denkt, dass sie alleine ist, aber das ist sie nicht. Ich folge ihr auf den Fersen. Am liebsten würde ich sie jetzt sofort vom Fahrrad zerren und mit bloßen Händen erwürgen, aber die Wahrscheinlichkeit, im Amsterdamse Bos erwischt zu werden, ist zu groß.

Sie sieht sich um. Kalter Schweiß prickelt in meinem Nacken und einen Moment lang befürchte ich, dass sie mich gesehen hat. Aber sie radelt weiter, so schnell sie kann.

Dumme Tess! Hat sie wirklich gedacht, die Polizei würde ihr glauben? Hat sie wirklich erwartet, auf den Gleisen etwas zu finden?

Ich bin doch viel stärker und schlauer als sie.

Irgendwie bewundere ich ihre Beharrlichkeit. Ich dachte, dass sie das einfachste Mädchen wäre, mit ihrem schüchternen Blick und den schiefen Schultern, und dass sie sofort fix und fertig wäre, wenn sie meinen Brief bekommt. Doch sie erholt sich immer wieder, scheint quasi unkaputtbar.

Ihr Fahrrad wackelt, als sie noch einmal über die Schulter guckt. Das blonde Haar hat sie zu einem Pferdeschwanz gebunden, wodurch ihr Gesicht schmal und spitz aussieht. Unter den Augen hat sie dunkle Ringe.

Zum ersten Mal finde ich sie schön. Ich hätte sie lieben können, wenn sie jemand anders gewesen wäre ... Stattdessen muss ich sie jetzt umbringen.

Nur noch drei Namen, dann bin ich am Ende der Liste. Was dann? Die Frage dröhnt schon seit Tagen in meinem Kopf. Was dann?

Ich fürchte mich vor der Antwort.

Kapitel 29

»Hat's Spaß gemacht?«

»Was?«

Erschrocken bleibe ich im Flur stehen. Ich hatte vorgehabt, unbemerkt nach oben zu schleichen, aber meine Mutter sitzt mit einer Tasse Tee am Küchentisch, als ob sie nicht vorhätte, mich einfach so gehen zu lassen.

»Das Hockeytraining«, sagt sie lächelnd. »Ich bin so gespannt.«

Sie versucht, meinen Blick zu fangen, aber ich sehe schnell weg.

»Oh ja, super.«

Meine Mutter seufzt. Sie scheint von dieser kurzen Antwort enttäuscht zu sein. »Wie waren denn die anderen Mädchen so? Was habt ihr für Übungen gemacht?«, hakt sie nach.

»Ganz okay.« Ich zucke mit den Schultern. »Entschuldige, Mama, aber ich gehe jetzt in mein Zimmer. Ich habe furchtbare Kopfschmerzen, schon den ganzen Tag«, füge ich hinzu, damit es glaubwürdiger klingt.

»Oh, wirklich?« Meine Mutter wirft mir einen forschenden Blick zu.

Ich starre unverwandt zurück, in der Hoffnung, dass sie aufhört, mich auszufragen.

»Wie blöd, mein Schatz«, sagt sie. »Im Badezimmer liegen Paracetamol. Soll ich sie dir holen?«

»Nicht nötig, Mama.« Ich ringe mir ein Lächeln ab. »Ich weiß, wo sie liegen.«

Sie nickt. »Ja, natürlich.« Sie steht auf und stellt ihre Teetasse in die Spülmaschine. »Ist sonst noch irgendwas Besonderes passiert?«

Der Brief brennt fast ein Loch in die Tasche meines Trainingsanzugs. Ein kleiner Teil von mir erwägt, ihr davon zu erzählen, aber der andere Teil weiß, dass meine Mutter dann wieder stundenlang mit mir über meine Gefühle reden will …

»Nein«, sage ich nach ein paar Sekunden. »Nicht, dass ich wüsste.«

Ich drehe mich schnell um und gehe nach oben.

Mein Zimmer fühlt sich fremd an, obwohl ich nur ein paar Stunden weg gewesen bin. Und es hängt ein seltsamer Geruch in der Luft. Muffig und säuerlich, als ob irgendwo schmutzige Sportsocken rumlägen. Mir fällt nicht ein, woher der Geruch kommen könnte.

Einen Moment bleibe ich stehen und sehe mich gründlich um. Da höre ich über mir ein leises Geräusch, als ob jemand über unser Flachdach läuft. Sofort klopft mir das Herz bis zum Hals. Stell dich nicht so an, versuche ich mich zu beruhigen. Es ist sicher nur eine Katze oder ein Vogel.

In wenigen Schritten bin ich am Fenster. Die Wange an die Scheibe gedrückt, sehe ich schräg nach oben. Kein Seil an der Dachrinne, keine merkwürdigen Schatten auf dem Dach. Auch unser Vorgarten sieht wie immer aus. Es ist der graue Abfallcontainer genau unter meinem Fenster, der mich stutzig macht. Ich weiß ganz genau, dass mein Vater ihn immer hinter den Schuppen stellt.

Mein Blick folgt einem imaginären Kletterer vom Abfallcontainer auf meine Fensterbank und von dort in die Dachrinne. Auf diese Weise ist es sehr einfach, aufs Dach zu kommen. Oder in mein Zimmer.

Mit einem Ruck ziehe ich den Vorhang zu. Alles in Ordnung, sage ich mir. Aber es klingt doch weniger überzeugt als vorhin.

Ich setze mich auf den Schreibtischstuhl und starre die Wand an. Wie kann sich ein Leben innerhalb von ein paar Monaten so verändern? Wie kommt es nur, dass ich mich so verändert habe?

An meiner Pinnwand hängt ein Foto von mir aus den Sommerferien. In den Händen halte ich ein riesiges Eis. Mein schulterlanges Haar glänzt in der Sonne und ich lächle, wahrscheinlich unbewusst. Ich sehe glücklich aus. Sorglos. Ich bin neidisch auf das Mädchen, dass ich damals war.

Auf einmal habe ich ein seltsames Gefühl im Bauch, wie beim freien Fall in einer Achterbahn. Warum fällt mir das jetzt erst auf? Mit zitternden Fingern öffne ich die Datei auf meinem Handy.

Leila, Kate und Yara sehen mich an. Es ist, als sähe ich auf einmal die fehlenden Puzzlestücke. Augen, Klamotten, Haare. Ich gucke vom Display zu dem Foto von mir und zurück. Es ist keine Einbildung. Wir sehen uns ähnlich. Vier Mädchen mit schulterlangem blonden Haar und blauen Augen.

Reiner Zufall, Tess. Aber in meinem Kopf höre ich vor allem die Stimme, die immer wieder wiederholt, dass diese drei Mädchen mit blondem Haar tot sind. Und dass ein viertes Mädchen seltsame Briefe bekommt.

Meine Augen brennen und unter dem einen zuckt ein Muskel. Ein Teil von mir möchte sich ins Bett legen und unter der Decke verkriechen. Ich könnte meiner Mutter sagen, dass ich immer noch Kopfschmerzen habe. Und morgen, übermorgen und nächste Woche auch, bis die Welt wieder normal ist.

Aber ich lege mich nicht ins Bett. Ich öffne Google und nehme mir Stift und Papier. Ich schreibe FREUNDINNEN oben auf das Blatt. Eine halbe Stunde später habe ich drei Adressen aufgeschrieben.

Schnell schnappe ich mir Handy und Schlüssel und laufe zwei Stufen zugleich nehmend die Treppe hinunter an der Küche vorbei.

»Tess!«, ruft meine Mutter. »Wo willst du denn hin?« Sie hat eine Schürze um und guckt erstaunt.

»Ach, ich gehe nur kurz in die Bib, noch ein paar Bücher für meine Hausarbeit holen.« Es überrascht mich, wie leicht es mir fällt, sie anzulügen.

»Jetzt noch? Aber du hattest doch Kopfschmerzen?«

»Nicht mehr. Die Tabletten wirken wirklich schnell.«

Sie runzelt die Stirn. »Aber wir essen in einer halben Stunde.«

»Ich hab keinen Hunger, Mama.«

»Dann hebe ich dir etwas auf«, sagt sie langsam, als merke sie, dass es sinnlos ist, mich aufhalten zu wollen. »Wann bist du denn zurück?«

»In anderthalb Stunden, glaube ich.« Bevor sie weiterfragen kann, habe ich mich schon umgedreht. »Bis nachher!«

»Ist die Bibliothek freitagabends überhaupt auf?«, höre ich sie rufen.

Zur Antwort ziehe ich die Tür zu.

Da zieht sie schon wieder los. Es wundert mich schon gar nicht mehr. Sie macht mich so müde.

Kapitel 30

Ich radle davon, seltsam fröhlich. Ich fühle mich, als hätte ich nach all den Monaten ein Stück meiner selbst wiedergefunden. Die Adresse, zu der ich fahre, liegt in Amsterdam-Süd, in der Nähe des Hauptbahnhofs. An der Minervastraat fahre ich über die Fahrradbrücke. Es wird dunkler. Stiller. Hier stehen Villen hinter Hecken und hohen Bäumen verborgen. Ein Schauer läuft mir über den Rücken. Ich bin ganz alleine und niemand weiß, wo ich bin.

Nicht dran denken, einfach weiterradeln.

An der Nummer 92 halte ich an. Es ist ein großes, weißes Haus mit zwei Autos auf der Auffahrt. Ich schließe mein Fahrrad ab und gehe zur Tür. Hinter den Gardinen brennt Licht und ich höre einen Fernseher. Mit zitternden Händen drücke ich auf die Klingel.

»Machst du auf?«, höre ich eine Frau irgendwo im Haus rufen.

Ich höre Schritte im Flur und kurz darauf schwingt die Tür auf. Das Mädchen, das sie geöffnet hat, ist ungefähr so alt wie ich. Sie hat einen rosa Jogginganzug an und trägt ihr langes Haar zu einem Zopf geflochten, der ihr über die Schulter hängt.

»Äh, hallo«, sage ich. »Bist du Romee Verbeek?«

»Ja.« Es klingt genervt.

»Ich ... ich bin Tess van der Pluim. Könnte ich wohl kurz mit dir reden?«

Sie wirft mir einen misstrauischen Blick zu. »Worüber?«

»Über ... äh ... Yara.«

Ihr Gesicht wird verschlossen. Sie macht ein paar Schritte rückwärts. »Tut mir leid, aber ich habe gerade keine Zeit. Ein andermal vielleicht.«

Sie versucht, die Tür zu schließen, aber ich halte sie mit der Hand auf. Es erstaunt mich, wie stark ich bin.

»Bitte! Es ist wichtig«, bettle ich.

»Wer ist denn da?«, höre ich die Frau aus dem Haus rufen.

»Niemand, Mama.«

»Soll ich kommen?«

»Nee, Mama.« Romee seufzt und sieht über ihre Schulter, als befürchte sie, dass ihre Mutter an die Tür kommen könnte. »Okay dann, fünf Minuten«, sagt sie zu mir. »Aber keine Minute länger.«

»Vielen Dank!« Ich trete über die Schwelle, bevor sie es sich anders überlegen kann.

»Hier entlang.« Romee geht vor mir Richtung Treppe.

Durch die offene Tür erhasche ich einen Blick auf eine Frau im Jogginganzug vor dem Fernseher.

Wir gehen nach oben. Romees Zimmer ist am Ende des Flurs. Alles in ihrem Zimmer ist weiß oder beige und passt zueinander, sogar die Kuscheltiere auf ihrem Bett. Über ihrem Schreibtisch hängen Fotos von ihr, allein oder mit Freundinnen. Ich suche Fotos von Yara, aber es sind keine dabei.

Romee setzt sich auf den Schreibtischstuhl. Unbehaglich bleibe ich stehen.

»Ich verstehe immer noch nicht, warum du hierhergekommen bist«, sagt sie in feindseligem Ton. »Wo hast du überhaupt meine Adresse her?«

Mir wird warm. »Dein Name stand in einem Zeitungsartikel über die Selbstmorde und dann habe ich deine Adresse gegoogelt.«

Es bleibt ein paar Sekunden still.

»Ach, du meinst wahrscheinlich den Artikel im *Telegraaf*«, sagt sie dann wesentlich freundlicher. »Ja, den haben viele Leute gelesen.« Sie wendet sich auf ihrem Schreibtischstuhl halb von mir ab. Ich meine, Erleichterung in ihrem Blick zu sehen.

Das ist der richtige Moment für weitere Fragen! »Könntest du mir vielleicht etwas über Yara erzählen? Was für ein Mädchen sie war?«

»Na ja, sie war nett.« Romee zuckt mit den Schultern. »Und man konnte gut mit ihr lachen.«

Ich warte ab, ob noch etwas kommt, aber sie schweigt.

»Hat ... hat sie denn mal über Selbstmord gesprochen?« Es klingt albern. Als ob ich in einem Theaterstück mitspiele und meinen Text nicht gut kann.

»Um Gottes willen, nein!«, fährt Romee mich an. »Spinnst du? Dann hätte ich sie ja wohl davon abgehalten.«

Ich will mich entschuldigen, doch Romee kommt mir zuvor. »Aber Yara hat sich in letzter Zeit schon ein bisschen komisch benommen«, fährt sie nachdenklich fort. »Als ob sie nicht mehr sie selbst war.«

»Komisch?«

»Ja, wurde superschnell sauer. Und irgend so ein Typ aus der Elften war hinter ihr her.« Romee denkt nach. »Tut mir leid, ich habe seinen Namen vergessen.«

»Macht ja nichts.« Ich atme ein paarmal tief durch und frage dann: »Hat Yara in letzter Zeit auch Briefe bekommen?«

Romee antworte nicht sofort. »Briefe?«, sagt sie dann langsam. »Wie meinst du das?«

Bilde ich mir das ein oder versucht sie, die Anspannung in ihrer Stimme zu überspielen?

»Briefe mit komischen Texten. Unfreundliche Briefe.«

»Was weiß denn ich?«, schnauzt Romee. »Wieso willst du das überhaupt wissen?«

Fast bereue ich, dass ich danach gefragt habe. Soll ich jetzt von meinen eigenen Briefen erzählen? Soll ich jetzt sagen, dass ich denke, dass Yara womöglich gar nicht Selbstmord verübt hat? Romee wäre dann sicher wütend. Und zu Recht.

Als ich nicht antworte, zuckt Romee mit den Schultern, als interessiere es sie nicht mehr. »Ich verstehe nicht, warum du hierhergekommen bist«, sagt sie noch einmal.

Ich auch nicht mehr, denke ich.

»Romee, es geht los!«, ruft ihre Mutter von unten. »Kommst du?«

»Tut mir leid, ich muss.« Sie steht auf und geht zur Tür.

»Äh, ja, na klar.« Ich gehe hinter ihr her nach unten. Der Fernseher ist jetzt noch lauter und ich höre die Stimme des Moderators etwas über die erste Liveshow bei *The Voice* sagen.

An der Tür dreht Romee sich um. »Yara wird Dienstag beerdigt«, sagt sie mit reglosem Gesicht. »Ihre Eltern haben mich gefragt, ob ich ein Gedicht vorlesen möchte. Vielleicht tue ich das.«

»Viel Kraft«, murmle ich.

»Danke.«

Sie hält mir die Tür auf, wahrscheinlich um sicher zu sein, dass ich gehe. Als ich schon draußen stehe, sagt sie auf einmal: »Warte, jetzt weiß ich wieder, wie der Junge hieß.« Sie lächelt mich zum ersten Mal an. »Kevin.«

Kapitel 31

Mit hochgezogenen Schultern gehe ich zu meinem Fahrrad. Es ist dunkel und kalt und das Gespräch hat mir rein gar nichts gebracht. Romee schien vor allem an sich selbst zu denken.

Ich ziehe den Zettel aus der Tasche und falte ihn auf. Die nächste Adresse auf meiner Liste ist höchstens fünf Minuten mit dem Rad entfernt. Eine Stimme in meinem Kopf sagt: Du verschwendest bloß deine Zeit, fahr nach Hause. Aber ich habe keine Lust, ihr zu gehorchen. Ich öffne mein Fahrradschloss und...

Der Chatnachrichtenton klingt in der Stille besonders laut. Mit einer Hand hole ich mein Handy aus der Jackentasche. Quinty!

Was machst du denn gerade?, schreibt sie.

Die Frage kommt so unerwartet, dass ich erschrecke. Ich gucke über meine Schulter, als erwartete ich, dass sie hinter mir steht. Doch die Straße ist dunkel und verlassen.

Bist du noch krank?

Ich starre den Text auf dem Display an. Schwarze Buchstaben auf weißem Untergrund. Sie könnten von jedem kommen. Oder von niemandem. Auf einmal überkommt mich ein Gefühl der Leere.

Machst du noch irgendwas Nettes heute Abend?

Ich weiß nicht, was ich antworten soll. Ich starre mein Telefon an, das sich kalt anfühlt. Mein Display wird schwarz. Quinty hat aufgegeben. Ich erkläre ihr das später. *Genau wie Angel?*, schießt es mir durch den Kopf. Mit einem Scheißgefühl lasse ich mein Handy wieder in die Tasche gleiten.

Ich stehe vor einem Reihenhaus, das zwischen anderen identisch aussehenden eingeklemmt ist. Nur die kleinen Vorgärten sind unterschiedlich. Nummer 68 hat eine Holzbank im Garten und Efeu, das sich die Fassade emporrankt. An der Tür hängt ein Schild, auf dem in geschwungener Schrift PIETER, NINA & BRITT HOOFT GRAAFLAND steht.

Ich wische meine klammen Hände an der Hose ab und drücke auf die Klingel. Britt öffnet selbst. Ich erkenne sie von den Fotos im Internet. Rote Locken, ein ovales Gesicht. Nur in echt sieht sie viel kleiner und fast zerbrechlich aus.

»Kann ich irgendwas für dich tun?« Sie hat eine sanfte Stimme.

»Äh, hallo. Ich bin Tess van der Pluim und gehe aufs Gerrit-van-der-Veen-Gymnasium. Du weißt schon, die Schule in Amsterdam-Süd.«

Sie nickt, als erklärte das, warum ich vor ihrer Tür stehe.

»Es klingt vielleicht ein bisschen verrückt«, sage ich zögernd, »aber ich würde gerne mit dir über Kate sprechen.«

Sie wird schlagartig kreidebleich.

»Das mit Kate tut mir sehr leid«, sage ich.

Sie nickt erneut und fummelt am Bündchen ihres Pullis.

»Ich bleibe auch nur ein paar Minuten, wirklich.« Ich versuche sie anzulächeln, doch sie weicht meinem Blick aus. »Es ist sehr wichtig für mich«, beharre ich. »Bitte?«

»Okay, aber nur ganz kurz«, sagt sie mit einem Seufzer. »Ich bin sowieso alleine zu Hause. Komm rein.«

Zusammen gehen wir in die Küche, die in verschiedenen

Gelbtönen gehalten ist. Britt setzt sich an den Küchentisch. Ich setze mich auf den Platz gegenüber. Über der Arbeitsplatte brennt ein Licht und es ist auf seltsame Weise gemütlich.

»Von wem hast du eigentlich meine Adresse?«, fragt sie eher neugierig als misstrauisch. »Von jemandem aus unserer Klasse? Oder von jemandem aus unserer Hockeymannschaft?«

»Von ... äh ... niemandem. Ich habe sie im Internet gefunden.«

»Hä? Wie meinst du das?«

Ich schließe kurz die Augen. »Also das war so. Ich hatte ein Instagram-Foto von dir, Kate und noch einem anderen Mädchen gefunden. Ihr seid zu der Party von irgendeiner Maddy gegangen. In einem der Kommentare stand dein Nachname und dann habe ich deine Adresse gegoogelt. Ich ... ich wusste nicht, wie ich dich sonst hätte finden sollen.«

Britt sieht mich reglos an, so lange, dass es mir unangenehm wird. Ob sie wohl sauer war?

»Das war das letzte Foto von Kate und mir zusammen«, sagt sie unvermittelt. »Am nächsten Tag war sie tot.« Sie schüttelt den Kopf. Die kleine Lampe über der Arbeitsplatte spiegelt sich in ihren Augen und ich sehe Tränen. »Ich habe das Foto so oft angesehen und mir gewünscht, dass ich die Zeit zu dem Moment zurückdrehen könnte. Wir haben uns an dem Abend gestritten. Ich habe gesagt, dass ich nicht mehr ihre Freundin sei.« Sie ringt nach Luft. »Danach habe ich sie nicht mehr gesprochen.« Einen Augenblick lang sieht sie durch mich hindurch, dann fährt sie fort: »Ich fühle mich so schuldig.« Sie ringt die Hände auf der Suche nach Halt. »Verstehst du, was ich meine?«

»Ja.« Mir ist, als ob ich Britt viel besser verstehe als Romee. Ich kann jedes einzelne Wort spüren.

Es ist kurz still. Britt lächelt mich vorsichtig an wie eine Art

Zeichen der Verbundenheit. »Woher kennst du Kate überhaupt?«, fragt sie auf einmal.

Ich sehe sie an und denke verzweifelt nach. »Woher ich Kate kenne, na ... äh ...« Ich schlage die Augen nieder und schaue auf meine Hände. »Ich bin gerade erst hierhergezogen und wollte gerne Hockey spielen und da hat mir jemand in der Schule Kates Nummer gegeben. Sie ... war sehr nett und wollte mich mal zum Training mitnehmen. Wir haben uns auf Anhieb gut verstanden ...« Die letzten Worte wollen mir kaum über die Lippen kommen.

»Wie lieb, dass Kate dich zum Training mitnehmen wollte«, sagt Britt ruhig. Falls sie weiß, dass ich lüge, lässt sie es sich jedenfalls nicht anmerken.

»Wie lange kennst du sie denn schon?«, stottere ich weiter.

»Vier Jahre. Seit der Mittelstufe.«

Wieder tritt Stille ein. Britt schiebt quietschend ihren Stuhl zurück. »Es war schön, mit dir zu reden.«

Aber ich bin noch nicht fertig. Ich muss noch eins wissen! »Es mag vielleicht verrückt klingen«, sage ich, während ich aufstehe, »aber hat Kate vielleicht dir gegenüber erwähnt, dass sie in letzter Zeit Briefe bekommen hat?« Mein Herz klopft wie wild, aber das sieht Britt mir nicht an.

Sie schüttelt den Kopf. »Nicht das ich wüsste, nein. Wieso?«

»Nur so«, sage ich schnell. »Es war nur eine Frage, weiter nichts.«

Sie nickt, aber es hat sich die Spur eines Zweifels in ihren Blick geschlichen. »Na klar.«

Wir gehen durch den Flur zur Haustür.

Sie umarmt mich, anstatt mir Auf Wiedersehen zu sagen. Und was sie sagt, fühlt sich noch wärmer an. »Vielleicht können wir ja mal was zusammen machen?«

»Okay«, stammle ich.

»Dann kannst du mit mir zum Hockeytraining.«

Ich drehe mich schnell um, damit sie meinen roten Kopf nicht sieht. »Das wäre super. Ich gebe dir mal meine Telefonnummer.«

Ob sie jetzt wohl aufgibt und zurück nach Hause fährt? Ich sehe das Zögern in ihren schiefen Schultern. Dann richtet sie sich auf und radelt weg Richtung Ceintuurbaan.

Ich weiß, wo sie hinfährt und lächle. Hierauf habe ich die ganze Zeit gewartet. Ich habe das Gefühl, das mir eine höhere Macht unter die Arme greift. Ich blicke in den dunklen Himmel hinauf. »Danke«, flüstere ich. Ich fantasiere mir eine Antwort dazu.

So schnell ich kann, radle ich durch die Nacht. Ich muss unbedingt als Erster da sein.

Kapitel 32

Ich stecke die Hände in die Taschen und versuche, nicht an all die Lügen zu denken, die ich gerade eben erzählt habe. Kurz schließe ich die Augen. Was soll ich tun? Wieder nach Hause fahren oder zur letzten Adresse? Weitermachen, Tess, ermahne ich mich. Dann kannst du das Kapitel abschließen.

Okay.

Ich fühle mich gleich besser nach dieser Entscheidung. Ich schließe mein Fahrrad auf und radle schnell davon, als müsse ich irgendwo pünktlich ankommen. Ich überquere die Amstel auf der Ceintuurbaan. Es ist dunkel und bewölkt und die Schatten der Häuser sind pechschwarz. Und doch finde ich es nicht unheimlich.

Eigentlich glaube ich nicht mehr daran. Ich kann mir nicht mehr vorstellen, dass es zwischen Kate, Yara und Leila eine Verbindung gibt. Sogar meine Briefe kommen mir weniger bedrohlich vor, als hätte ich sie schon vor Jahren erhalten.

In der Mitte des Middenwegs biege ich links ab in den Linnaeushof. Hier muss es sein. Ich fahre eine Runde um die Grünanlage. Nummer 98 ist ein Eckhaus. Ich lehne mein Rad an den Holzzaun. Alle Fenster nach vorne heraus sind dunkel. Ob wohl niemand zu Hause ist?

Von Leila hatte ich außer dieser Adresse nichts gefunden. Und die stand in der Todesanzeige. Im Internet war sie unauffindbar. Als hätte sie kein Leben gehabt.

Das Gartentor knarrt beim Öffnen. Der Vorgarten ist dunkel, als reiche das Licht der Straßenlaternen nicht bis hierher. Irgendetwas ist an diesem Haus komisch. Von außen sieht es genauso aus wie alle anderen Häuser. Es sind Kleinigkeiten, die nicht stimmen. Das Gras geht mir bis an die Knie und an der Tür steht eine übervolle, stinkende Mülltonne. Als wären die Bewohner überstürzt ausgezogen.

An der Fassade hängt ein Aluminiumschild: HAUSARZTPRAXIS UND APOTHEKE C. WESTERHOF, EINGANG UM DIE ECKE. Ich starre die Haustür an. Es beschleicht mich das immer stärker werdende Gefühl, dass ich hier besser nicht bleiben sollte.

Drück auf die Klingel, Tess, dann kannst du in ein paar Minuten wieder nach Hause.

Es klingt ganz einfach. Ich hole tief Luft und klingle.

Ich bin unbemerkt durch die Hintertür hineingeschlüpft. Zwei Minuten später stand Tess auch schon im Vorgarten. Aus meinem Versteck kann ich sie sehen. Sie steht vor der Tür und tritt von einem Fuß auf den anderen, als habe sie es eilig. Ihr blondes Haar leuchtet in der Dunkelheit.

Ab und zu sieht sie nervös nach oben. Dann streift mich ihr Blick, aber sie sieht mich nicht. Niemand sieht mich. Ich bin unsichtbar wie eh und je.

Ich blicke auf meine Hände. In wenigen Minuten werde ich mit ihnen Tess festhalten. Werde ich mich beeilen? Mir Zeit lassen? Werde ich sie streicheln? Werde ich ihr etwas ins Ohr flüstern? Sie wird mir wohl nicht zuhören. Sie wird nur an sich denken.

Ich falte die Hände. Ein paar Sekunden später höre ich Schritte. Sie kommen aus den Tiefen des dunklen kalten Hauses. Es geht los.

Kapitel 33

Irgendwo im Haus höre ich Schritte. Ein Licht geht an und die Schritte kommen näher. Jemand kommt an die Tür, zu mir.

Meine Kehle ist trocken. Ich gucke nach oben zu den zugezogenen Gardinen. Am liebsten würde ich jetzt ganz schnell wegrennen.

Zu spät. Die Haustür öffnet sich einen Spaltbreit.

»Ja, bitte?«, fragt eine Frau.

Ich schlucke ein paarmal. »Äh, hallo, ich bin Tess van der Pluim ...« Auf einmal weiß ich nicht mehr, was ich sagen soll.

»Warte mal kurz.« Sie entfernt die Kette und die Tür öffnet sich ganz. Eine Frau mit braunem Haar in einem langen schwarzen Kleid steht im Türrahmen. Über ihrem Arm hängt eine Jacke. »So können wir uns besser unterhalten.« Sie lächelt. Ihre Stimme klingt schwer und matt, als ob sie sehr müde ist. »Was kann ich für dich tun?«

»Es tut mir sehr leid«, stammle ich, »das mit Leila.«

Sie nickt.

»Ich bin eine Freundin«, erfinde ich spontan. »Sie hatte noch ein paar Bücher von mir geliehen.«

»Eine Freundin?« Es klingt erstaunt.

»Ja, äh, wir kennen uns aus der Schule. Wir haben zusammen

eine Gruppenarbeit gemacht. Mit den Büchern. Und jetzt muss ich sie heute Abend noch in die Bib zurückbringen, sonst muss ich eine Mahngebühr zahlen ...« Noch mehr Lügen. Ich ersticke fast daran.

»Es tut mir leid, aber ich bin gerade auf'm Sprung und bin allein zu Hause.« Sie weist hinter sich ins dunkle Haus hinein, als würde ich ihr sonst nicht glauben. »Also kann ich dir jetzt nicht helfen.«

Erleichterung. Und gleichzeitig auch nicht. Hier endet es. Ich kann nach Hause.

»Oh, okay«, sage ich. »Danke, dass Sie sich für mich Zeit genommen haben.«

Es ist kurz still.

»Weißt du was«, sagt sie auf einmal und ihr Gesicht heitert sich auf. »Wenn du mir versprichst, nachher gut die Tür hinter dir zuzuziehen, darfst du gerne kurz selbst in Leilas Zimmer die Bücher suchen. Ich fände es auch blöd, wenn du eine Mahngebühr zahlen müsstest.«

»Ist nicht so schlimm«, sage ich schnell. »Ich komme einfach ein andermal wieder.«

»Nein, nein, bitte, komm nur rein.« Ihre Stimme hat etwas Flehentliches.

Es wäre unhöflich, ihr Angebot abzulehnen. »Wirklich?«, frage ich.

»Ja.« Sie sieht mich mit glänzenden Augen an. »Leila hätte das ganz sicher auch so gewollt. Ich ... ich finde es schön, dass eine Freundin von ihr vorbeikommt.«

Plötzlich fühle ich mich so schuldig. »Ich bleibe auch nur ganz kurz«, sage ich mir rauer Stimme, während ich über die Schwelle trete.

»Lass dir Zeit«, sagt sie freundlich. »Du weißt ja, wo ihr Zimmer ist?«

Wenn ich jetzt Nein sage, mache ich nicht wirklich den Eindruck einer guten Freundin. »Oben«, sage ich lächelnd.

Sie lächelt zurück und nickt zum Zeichen, dass ich ruhig nach oben gehen kann.

Ich gehe über die ausgetretenen Fliesen des Flurs zur Treppe. Zögernd bleibe ich stehen. Das Treppenhaus nach oben ist ein großes, dunkles Loch.

»Ist was?«, höre ich sie fragen.

»Nein, nein«, sage ich viel selbstsicherer, als ich mich fühle.

Mit pochendem Herzen gehe ich die Treppe hoch. Der Treppenläufer knirscht bei jedem Schritt und es riecht muffig, als ob hier nie gelüftet wird.

»Der Lichtschalter ist oben am Geländer!«, ruft Leilas Mutter.

Angespannt taste ich die Wand entlang. Klick. Das Licht geht an. Ich stehe in einem schmalen Flur mit grauem Teppichboden und vier geschlossenen Türen. An der ersten Tür hängt ein Schild GIRLS ONLY. Ich tippe, dass das Leilas Zimmer ist. Vorsichtig drücke ich die Türklinke herunter.

Im selben Augenblick ruft Leilas Mutter: »Ich bin dann weg!«

Die Haustür fällt mit einem Klicken ins Schloss. Ich bin alleine.

Wir sind zusammen. Doch ich gönne ihr noch einen Moment für sich. Ich höre, wie sie sich zögernd durch Leilas Zimmer bewegt. Eine Diele knarzt. Ich weiß genau, wo sie jetzt steht. Mitten im Zimmer. Ob sie zu den rosa Balken aufschaut? Ob sie sieht, was ich gesehen habe?

Wie ein Engel hing Leila an dem Seil. Ich habe ihre Hand genommen und gestreichelt. Ihre kalte Haut auf meiner Haut. Sie war so schön, so zart, so zerbrechlich.

Aber das sieht Tess nicht. Sie sieht die Schönheit nicht, die ich gesehen habe. Ich muss ihr die Augen öffnen.

Es ist an der Zeit. Ich komme aus meinem Versteck und schleiche langsam durch den Flur zu Leilas Zimmer. Es scheint eine Ewigkeit her zu sein, dass ich dort gewesen bin, dabei sind es nur knapp zwei Wochen.

Kapitel 34

Leilas Zimmer sieht so aus, als sei sie gerade noch hier gewesen. Die Decke liegt unordentlich auf dem Bett, auf dem Boden liegen Klamotten und auf dem Schreibtisch ein offenes Buch.

Verzweifelt sehe ich mich um. Was tue ich hier eigentlich?

Ich höre Leilas Mutter noch sagen: »Lass dir Zeit.«

Fünf Minuten, vereinbare ich mit mir selbst.

Vorsichtig gehe ich Richtung Schreibtisch. Der Boden knarzt auf einmal. Das Geräusch klingt laut in dem stillen Haus. Erschrocken bleibe ich stehen. Ich fühle mich wie eine Einbrecherin. Ich dürfte überhaupt nicht hier sein.

Und doch gehe ich weiter. Auf dem Schreibtisch steht ein gerahmtes Klassenfoto. Ich erkenne Leila sofort: das mollige Mädchen an der Seite. Sie steht dort ein bisschen verloren, als gehöre sie nicht zur Klasse.

Ich kann es nicht länger ansehen und nehme das aufgeschlagene Buch: *Moderne Mathematik*. Die Seiten mit Gleichungen sagen mir nichts, deshalb lege ich das Buch zurück. Ich überfliege, was auf dem Zettel in der Ecke des Schreibtisches steht:

3. DEZEMBER 14.30 UHR ZAHNARZT!!!
AUFSATZ NIEDERLÄNDISCH ABGEBEN
NEUE HOCKEYSCHUHE KAUFEN

Auf diesem Zettel sieht es überhaupt nicht so aus, als habe Leila vorgehabt sich umzubringen. Ich überlege, was das bedeuten könnte, doch ich komme einfach nicht drauf. Mein Blick fällt auf das Rollschränkchen unter ihrem Schreibtisch. Vorsichtig ziehe ich die oberste Schublade auf. Auf einem Papierstapel liegt ein rotes Heft mit der Aufschrift TAGEBUCH und darunter LESEN VERBOTEN! PRIVAT!!! Ich fühle mich auf eigenartige Weise ertappt. Schnell schließe ich die Schublade.

In den anderen Schubladen finde ich Büroklammern, Stifte, einen Tacker, Bonbonpapiere. Aber keine Briefe. Natürlich nicht.

Ich betrachte die Reispapierlampe an der Zimmerdecke, das Licht, das über die rosa Balken fällt, die langen Schatten, die bis an meine Füße reichen. Es war ein Fehler hierherzukommen.

Schwungvoll schiebe ich die Schublade zu und gehe ans Fenster. Ich ziehe die Gardine einen Spaltbreit auf und gucke, ob Leilas Mutter wirklich weg ist. Das Letzte, was ich möchte, wäre, ihr jetzt in die Arme zu laufen. Die Straße sieht verlassen aus. Für einen Moment glaube ich, einen Schatten in der Grünanlage gegenüber zu sehen, aber bei näherem Hinsehen entpuppt er sich als Baum.

Wann höre ich wohl auf, mir etwas vorzumachen? Wenn ich jetzt nach Hause gehe, bin ich um halb zehn da und kann dann noch …

Das schrille Piepen meines Handys lässt mich aufschrecken.

Durch den Türspalt sehe ich sie. Sie steht mit dem Rücken zu mir und guckt zum Fenster hinaus. Einen verwirrenden Moment lang glaube ich, dass es Leila ist, mit den blonden Haaren und den hochgezogenen Schultern, aber das ist unmöglich. Leila ist tot.

Ich öffne die Tür ein bisschen weiter und schlüpfe ins Zimmer. Schritt für Schritt schleiche ich näher zu ihr hin. Ich bewege mich fast lautlos.

Der Schweiß prickelt in meinem Nacken und mein Mund ist von der Anspannung ganz trocken. Ich stehe jetzt so nah bei ihr, dass ich sie berühren kann.

Ich versuche, den Moment zu genießen. Die Vorstellung, dass sie nicht entkommen kann, dass sie mir gehört. Aber alles kommt mir auf einmal so sinnlos vor, sogar das hier.

Lass es einfach schnell vorbei sein.

Meine Muskeln spannen sich an, bereit, um zuzuschlagen.

Kapitel 35

Überrascht schaue ich auf das Display meines Handys. Es ist eine SMS von Britt. Habe ich etwa irgendwas bei ihr vergessen? Gedankenverloren öffne ich die SMS.

Du könntest vielleicht Kates Freund mal nach den Briefen fragen.

Das ist alles, was da steht. Kurz darauf kommt eine zweite.

Er heißt Luuk Staals und das hier ist seine Handynummer: 06-554545546. X Britt

Luuk Staals? Eine Millisekunde später hat mein Hirn den Zusammenhang hergestellt.

Luuk Staals aus der Schule. Luuk Staals vom Hockey. Luuk Staals, der so nett zu mir ist.

Mein Atem stockt und mein Herz setzt einen Schlag aus. Das Gefühl, dass hier etwas nicht stimmt, ist so stark, dass mir schlecht wird. Ich weiche zurück.

Es geht so schnell, dass ich nicht reagieren kann. Ich werde von jemandem gepackt. Eine Hand auf Mund und Nase, die andere um meinen Hals. Ich versuche mit aller Kraft, mich loszureißen, doch es gibt kein Entkommen.

Ich versuche zu atmen, versuche zwischen den Fingern hindurch Luft einzusaugen. Meine Zunge kommt an seine Haut, die salzig und speckig ist, sodass ich würgen muss.

Keine Luft. Keine Luft!

Ich schlage um mich, bohre meine Fingernägel in seine Hände.

Eine Stimme an meinem Ohr, kaum mehr als ein Flüstern. »Lass dass, du dumme Ziege! Noch einmal und ich breche dir das Genick!«

Meine Lungen ziehen sich zusammen und dehnen sich wieder aus, flehen um Sauerstoff. Kurzschluss in meinen Muskeln. Alles tut weh. So furchtbar weh.

Und dann plötzlich nicht mehr.

Ich höre das grässliche, dumpfe Aufschlagen meines Körpers auf dem Boden. Meine Augen verdrehen sich. Die Reispapierlampe schwingt an der Decke hin und her, sie ähnelt Leilas Gesicht.

Ich denke bescheuerte Dinge, weil ich sterbe.

Das Licht geht in Dunkelheit über. Noch nie habe ich solche Angst gehabt.

Totengleich liegt Tess neben mir auf dem Boden. Ich streiche sanft über ihre Haare, ihre Wangen, die sich steif und kalt anfühlen. Ihre geschwollene Zungenspitze guckt zwischen den Lippen hervor, als sei der Mund zu klein geworden. Meine Finger gleiten weiter zu ihrem Hals und bleiben dort liegen. Ihre Halsschlagader klopft schwach unter meinen Fingerspitzen.

Sie ist weit weg. Sehr weit weg.

Ich bin todmüde, erschöpft. Am liebsten würde ich mich jetzt ins Bett legen. Wie herrlich wäre es, jetzt einzuschlafen und alles zu vergessen. Aber ich muss das hier zu Ende bringen. Und zwar schnell.

»Hilf doch mal eben mit«, flüstere ich, während ich Tess auf die Seite rolle. Sie ist viel schwerer, als ich gedacht hätte. Nach ein paar Sekunden steht mir der Schweiß auf der Stirn. Ganz vorsichtig kreuze ich ihr die Arme hinter dem Rücken und fessle die Hände mit einem Tuch. Sie darf keine roten Striemen oder blauen Flecke bekommen. Zuletzt binde ich ihre Füße zusammen. Jetzt kann sie sich nicht mehr bewegen.

Ich ziehe sie an den Schultern hoch, bis sie an mir lehnt, und nehme das Glas vom Nachttisch. Ich rühre noch einmal um, um sicher zu sein, dass die Schlaftabletten sich in dem Schluck Wasser vollständig aufgelöst haben.

Es fühlt sich ein wenig dilettantisch und amateurhaft an. Am liebsten hätte ich wieder Dormicum genommen, aber diesmal musste ich improvisieren. Zum Glück lagen diese Tabletten im Badezimmerschränkchen, sonst hätte ich jetzt echt ein Problem.

Ich ziehe ihren Kopf an den Haaren hintenüber. Tess' Mund öffnet sich ein wenig. Ganz behutsam setze ich ihr das Glas an die

Lippen. Jetzt kommt es drauf an. Ich gieße den Inhalt in einem Zug hinein und halte ihr den Mund zu. Tess stöhnt und rollt mit dem Kopf, aber sie spuckt die Flüssigkeit nicht aus, sondern schluckt sie in einem Reflex herunter.

Erleichterung. Jetzt ist es wirklich fast vorbei.

Vorsichtig lege ich Tess wieder auf den Boden mit dem Gesicht nach oben und setze mich auf die Bettkante. Mein Herzschlag beruhigt sich und ich entspanne mich. Es ist absurd, doch auf einmal bin ich glücklich, mit dem Blick auf Tess in Leilas Zimmer.

Kapitel 36

Alles ist weich und schwarz um mich herum. Ich schwebe wie schwerelos hindurch. Ich höre mich atmen, heiser und pfeifend. Und ich höre noch etwas anderes. Keuchen. Bin ich das? Ich halte die Luft an und lausche. Das Keuchen bleibt.

Was für ein bizarrer Traum.

Etwas Kaltes auf meinen Lippen. Es fühlt sich an wie Wassereis. Ich muss an den Sommer denken. An Ferien. Es ist ein schöner Gedanke und für einen Moment ist das Eis Teil meines Traums.

Aber dann fällt das Eis in meinen Mund. Es schmilzt blitzschnell. Eiskaltes Wasser, zu eklig und bitter für einen Traum. Ich will es ausspucken, ersticke fast daran. Und dann ist es auf einmal weg.

Zum Glück.

Minutenlang geschieht nichts. Aber dann bekommt das Schwarz um mich herum Löcher, als ob jemand eine Lampe nach der anderen anknipst. Lass mich schlafen, denke ich, lass mich ...

Ich schrecke auf. Mein Kopf tut weh und mir ist schlecht, als ob ich furchtbar verkatert wäre. Ich blinzle ein paarmal.

Ein Junge mit kurzem Haar und Sommersprossen starrt mich an. »Hallo, Tess«, sagt er.

»Was ...?« Erstaunt sehe ich ihn an. Ich kenne ihn, nur woher? Dann weiß ich es wieder: vom Hockey! Er ist in Luuks Mannschaft. Sein Blick macht mir Angst, denn er ist leer und düster.

Das hier passiert nicht wirklich, denke ich. Ich träume immer noch. Gleich wache ich in meinem Bett auf und lache mich darüber kaputt.

Aber warum liegst du dann jetzt hier auf dem Boden?

Einen Moment lang bin ich verwirrt. Hier stimmt etwas nicht. Mein Blick schießt hin und her durch den Raum. Ein Schreibtisch, rosa Vorhänge, eine Zimmerdecke mit Balken. Das hier ist nicht mein Zimmer. Das hier ist ... *Leilas Zimmer!*

Auf einmal fällt mir alles wieder ein, als ob eine Tür in meinem Kopf aufgegangen wäre. Leilas Mutter, die mich hereingelassen hat, Leilas dunkles Zimmer. Ich sehe mich in ihrem Schreibtisch herumschnüffeln. Warum schrecke ich auf? Ah ja, die SMS von Britt. Und dann die Hand auf meinem Mund!

Der Junge steht auf und kommt zu mir herüber. Angst legt sich auf mich wie eine kalte Decke. Ich will aufstehen. Weglaufen. Aber es geht nicht. Meine Arme und Beine sind mit irgendwas festgebunden. Ich winde mich wie eine Raupe auf dem Boden, während der Junge immer näher kommt.

Genau vor mir lässt er sich im Schneidersitz nieder. Er ist so nah dran, dass ich ihn riechen kann: Schweiß und etwas Saures. Ich muss würgen.

»Ich habe Leilas Tücher genommen, um dich zu fesseln«, sagt er ruhig.

»Mach mich bitte los«, flehe ich.

Er schüttelt den Kopf. »Tut mir leid, aber das geht nicht.«

»Warum denn nicht?«

Er seufzt sehr tief, als fände er es ein ermüdendes Gespräch. »Weil dein Weg hier zu Ende ist.«

All meine Muskeln beginnen zu beben und ich schmecke Galle. »Hilfe!«, brülle ich. »HILFE!«

»Das hat keinen Sinn, Tess. Niemand kann dich hören.«

»HILFE!«, schreie ich so laut ich kann. »ICH BIN HIER!«

»Hast du mich nicht gehört?« Er klingt genervt. »Wir sind allein zu Hause.«

Ich blicke zur Tür. Die ist höchstens drei Meter entfernt, aber es fühlt sich an wie ein anderer Planet. Ich denke an meine Mutter, die glaubt, dass ich sicher in der Bib sitze. Wahrscheinlich wird sie erst in einer knappen Stunde anfangen, sich Sorgen zu machen. Doch dann bin ich vielleicht schon tot. Was kann ich nur tun? Oh mein Gott, was kann ich nur tun?

Sprich mit ihm, Tess! Bring ihn auf andere Gedanken, lenk ihn ab, tu was. Jetzt!

»Hör mal«, sage ich mit schriller Stimme. »D-die ... die Frau kommt gleich wieder. Das hat sie mir selbst gesagt!«

Einen Moment lang ist es still. Er wirkt verwirrt.

Weitermachen, Tess! Nicht aufgeben!

»W-wenn du mich jetzt gehen lässt, sage ich niemandem etwas.« Ich spreche so schnell, dass ich über meine Worte stolpere. »W-wirklich. D-du musst mir glauben! Bitte!«

Eine lange Stille. Ich höre ihn durch die Nase schwer ein- und ausatmen.

»Welche Frau?«, fragt er schließlich.

»Leilas Mutter. Das hier ist ihr H-haus.« Meine Stimme bebt, weil ich versuche, die Tränen zu unterdrücken. »S-sie wollte nur kurz was einkaufen. W-wahrscheinlich ist sie in ein paar Minuten wieder da.«

Er lächelt seelenruhig. »Kurz einkaufen? Wie kommst du denn darauf? Sie fährt nach Den Haag zu einer Freundin. Die kommt so schnell nicht wieder.«

»W-was?«

»Du hast echt keine Ahnung, oder?« Er ballt die Fäuste, bis die Knöchel weiß hervorstechen. »Sie ist auch meine Mutter. Ich bin Michael, Leilas großer Bruder.«

Es fühlt sich an wie ein Tritt in die Magengrube. Sekundenlang weiß ich nicht, wie ich atmen soll. Leilas Bruder? Aber dann, dann...

»Du hast Leila ermordet«, sage ich mit rauer Stimme.

Langsam schüttelt er den Kopf. »Nein. Du.«

Kapitel 37

Einen Augenblick lang denke ich, dass er mich falsch verstanden hat. Dass er gleich aufstehen und mich losmachen wird und sagen wird, dass alles ein Missverständnis ist. Doch er schweigt, und das macht mir noch mehr Angst.

»I-ich verstehe dich nicht«, sage ich heiser. »W-warum glaubst du, dass ich Leila ermordet habe?«

Er sagt immer noch nichts und sieht an die Decke. Schatten fallen auf sein Gesicht, wodurch seine Augen schwarze Löcher werden.

»Du musst mich mit jemandem verwechseln!«, rufe ich verzweifelt. »Ich kenne Leila nicht einmal!«

Es bleibt eine Ewigkeit still. Ich höre mich selbst hoch und gehetzt atmen.

»Wusstest du, dass zwischen Leila und mir nur vierzehn Monate lagen? Es hat sich immer so angefühlt, als sei sie meine Zwillingsschwester«, sagt Michael auf einmal. »Wir waren unzertrennlich.«

Ich traue mich nicht, etwas zu sagen, und sehe ihn einfach nur an.

»In den letzten Wochen hat Leila sich immer häufiger zurückgezogen. Aber ich dachte, dass sie nur viel für die Schule zu tun hatte«, sagte er. »Inzwischen weiß ich, was los war. Warum sie so abwesend war, aber ich habe die Signale nicht erkannt.« Er reibt sich die Augen. »Leila hat es so geplant, dass ich sie finden sollte. Nach dem Hockeytraining bin ich in ihr Zimmer gegangen. Das habe ich immer getan, einfach um ein bisschen zu quatschen. Sie hing an dem Balken da.« Er zeigt an die Decke. Sein Finger zittert bei der Erinnerung. »Sie hat das Seil um ihren Hals und um den Balken geschlungen und ist dann vom Schreibtischstuhl gesprungen. Es muss ein furchtbarer Tod gewesen sein. Wahrscheinlich ist sie ganz langsam erstickt.« Eine Träne rollt über seine Wange. »Ich habe den Stuhl weggeschoben und versucht, sie loszumachen, aber das Seil saß so fest und sie war so steif. Ich hätte niemals gedacht, dass sie so was tun würde.« Er wischt die Träne ab. »Dass sie mich alleine lassen würde.«

»D-das tut mir l-leid.« Meine Lippen prickeln, als ob sie eingefroren sind, und es kostet mich Mühe zu sprechen.

»Ach, wirklich?« Seine Stimme klingt kühl. »Ich möchte dir was zeigen.«

Er stemmt sich hoch und geht zu Leilas Schreibtisch. Ich habe Mühe, meinen Blick zu fokussieren und sehe alles unscharf, als ob ich auf einmal eine Brille brauche.

Michael zieht die oberste Schublade auf und nimmt das rote Heft heraus. Es kommt mir vor, als sei es Jahrhunderte her, dass ich es selbst in der Hand gehabt habe.

»Leila hat Tagebuch geführt«, sagt er. »In diesem Heft hat sie Wort für Wort aufgeschrieben, wie alle sie in der Schule links liegen ließen, wie sie immer öfter gemobbt wurde, wie furchtbar einsam sie war. Das Tagebuch lag auf dem Schreibtisch, als ich sie fand. Ich weiß genau, dass sie wollte, dass ich es lese. Genau wie ich weiß, dass sie mich jetzt unterstützt. Es fühlt sich so an, als ob wir das hier zusammen tun.«

Entgeistert sehe ich ihn an.

»Du siehst den Zusammenhang noch immer nicht, stimmt's? Du glaubst, dass du das Opfer bist. Dabei ist es umgekehrt.« Er blättert durch das Heft. »Leila hat ziemlich viele Seiten mit dir gefüllt. Oder kennst du sie nur als Angel?«

Angel ... Der Name bleibt zwischen uns in der Luft hängen. Ich fühle eine Welle der Übelkeit über mich hinwegschwappen.

Michael sieht mich mit zusammengekniffenen Augen an. »Jetzt fällt's dir wieder ein«, sagt er dann. »Aber ich werde deinem Gedächtnis noch ein wenig auf die Sprünge helfen.«

Meine Kehle ist wie zugeschnürt und ich drücke das Gesicht in den Teppich. Ich will das hier nicht hören.

Seine Stimme dröhnt weiter. »Leila war so einsam, dass sie sich auf einer Chatseite angemeldet hat. Und da hat sie dich kennengelernt, Tess. Wahrscheinlich hat sie dir gesagt, sie heiße Louise, das ist ihr zweiter Vorname. Sie hatte solche Angst, dass jemand sie in dem Chat erkennt und sie wieder verletzt wird.« Er macht eine Pause. »Sie fand es so toll mit dir zu sprechen. Ihr habt einander verstanden, hat sie mir erzählt. Sie war überglücklich, als ihr euch in echt verabredet habt. Na, Tess van der Pluim, weißt du noch?«

Ich weiß nur zu gut, wovon er spricht. An jenem Nachmittag hatten Leila und ich uns um halb vier im Café Katoen verabredet.

»Leila ist an dem Nachmittag extra früh losgegangen, um nicht zu spät zu kommen. Sie hat gedacht, dass du ihre Freundin bist. Und als du dann nicht gekommen bist ... Sie hat stundenlang an diesem leeren Tisch gesessen und gewartet. Als sie nach Hause kam, wollte sie nicht mit mir reden, aber ich hab sofort gewusst, dass irgendwas furchtbar schiefgegangen sein muss. Sie war ganz verheult.« Seine Stimme bricht. »Vielleicht war es ja für dich nicht so wichtig, Tess, aber was du getan hast, war eigentlich noch schlimmer als mobben. Du hast ihr erst Hoffnung gemacht und sie dann knallhart fallen lassen.«

Ich möchte sagen, dass es nicht meine Schuld ist, und dass ich keine Ahnung hatte, dass sie so unglücklich war. Dass ich mit mir selbst derzeit wenig anfangen kann und mich deshalb im letzten Moment doch nicht getraut hatte hinzugehen, weil ich Angst hatte, enttäuscht zu werden. Dass ich schon seit Wochen versuche, sie zu erreichen, um mich zu entschuldigen. Dass es ihre Entscheidung war, sich das Leben zu nehmen.

Doch ich kann es nicht.

»Ich gehe jeden Tag durch die Hölle«, sagt er. »Manchmal bin ich neidisch auf Leila, weil sie das alles nicht mehr erleben muss.«

Michael schlägt das Heft zu und legt es wieder auf den Schreibtisch. »Das hier ist ihr Bekenntnis. Kate, Yara, Danique, Noa, Tess ... Ihr steht alle in ihrem Tagebuch. Und ihr werdet alle für das büßen, was ihr ihr angetan habt. Außerdem war es ein praktisches Nachschlagewerk für mich. Leila hat alles aufgeschrieben, was sie über euch wusste. In welche Schule ihr geht, wo ihr wohnt, wie ihr aussseht. Sie hat sogar dein Profilfoto ausgedruckt und eingeklebt.

Hinten drin hat sie euch so was wie Briefe geschrieben. Du solltest sie mal lesen. Sie sind herzzerreißend.« Er lächelt über seinen eigenen Witz, schließlich weiß er genau, dass ich die Briefe nie lesen werde.

Erst jetzt wird mir bewusst, dass ich sterben werde, während Michael an diesem Plan schon seit Tagen, sogar Wochen arbeitet. Kate und Yara sind schon tot. Ich bin lediglich die Nächste auf seiner Liste ...

»Du ... brauchst das nicht zu tun«, sage ich so langsam, dass die Worte kaum aus meinem Mund kommen.

»Ich muss das sehr wohl tun. Für Leila. Du hast mir keine andere Wahl gelassen, warum checkst du das denn nicht?« Michael klingt wütend.

»Aber ... aber ...« Ich versuche den Kopf zu heben, um ihn ansehen zu können, aber der ist so schwer geworden. »Die Polizei ... wird sicher ... misstrauisch werden.«

Eine Sekunde lang sehe ich Zweifel in seinem Gesicht. Doch dann schiebt er meinen Einwand lächelnd beiseite. »Vielen Dank fürs Mitdenken, aber die Polizei hegt überhaupt keinen Verdacht. Die glaubt, dass ein paar labile Teenies ihrem Leben ein Ende gesetzt haben. Und wenn sie dich hier finden, dann werden sie denken, dass dir alles zu viel geworden ist und du deshalb dem Beispiel von Leila gefolgt bist. Selbstmord scheint ansteckend zu sein.« Er lächelt wieder. »Ich habe meiner Mutter erzählt, dass ich bei einem Klassenkameraden bin, mit dem ich eine Gruppenarbeit für Volkswirtschaft fertig machen muss. Mich wird niemand verdächtigen.«

Schweiß prickelt in meinem Nacken, als ob ich hohes Fieber hätte.

»Wie fühlst du dich?«, fragt Michael auf einmal, als hätte er die Rolle gewechselt. Die Wut ist verflogen, und stattdessen klingt er fürsorglich.

»Wa ...?« Es kommen nur noch unverständliche Laute aus meinem Mund.

Er bückt sich und nimmt mit zwei Fingern meinen Puls wie ein Arzt. »Ich habe dir eine tödliche Dosis Schlafmittel verabreicht, als du bewusstlos warst.«

Anscheinend merkt er, dass ich erschrecke, denn er fährt fort: »Ja, ich hätte es ja auch gerne auf eine andere Art gemacht, aber du hast urplötzlich vor der Tür gestanden und die Praxis meines Vaters ist abends zu, deshalb musste ich mir mit dem behelfen, was ich im Haus finden konnte. Die Schlaftabletten gehören meiner

Mutter. Mein Vater hat sie ihr nach Leilas Selbstmord verschrieben, weil sie nicht mehr schlafen konnte.« Er legt meinen Arm wieder auf den Boden. »Dein Puls wird schon schwächer.«

Ich empfinde Angst, doch sie ist irgendwo ganz weit weg hinter einem dichten Nebel in meinem Kopf.

Michael hebt mein Kinn an. Mein Kopf fällt hintenüber und ich fühle Speichel aus meinem Mund rinnen. Es gelingt mir nicht zu schlucken.

»Schön.« Er nickt zufrieden. »Ich mache jetzt die Tücher los. Das sieht sonst komisch aus, wenn sie dich nachher finden.«

Seine Hände fummeln hinter meinem Rücken herum. Ich fühle meine Arme wie zwei Sandsäcke auf den Boden fallen. Dann macht er meine Füße los. Ich versuche meine Beine zu bewegen, aber ich habe kaum noch Gefühl darin.

Er zieht eine Tablettenschachtel aus der Hosentasche und legt sie auf Leilas Nachttisch neben ein leeres Wasserglas. »Der perfekte Selbstmord«, sagt er lächelnd. »Niemand wird Verdacht schöpfen.« Ich glaube, er erwartet, dass ich ihn dafür bewundere.

Ich versuche, mir etwas einfallen zu lassen, womit ich mein Leben retten kann, doch ich habe zu lange gewartet.

Michael geht zur Tür. »Mach dir keine Sorgen, es ist ein schmerzloser Tod«, sagt er, als täte er mir einen Riesengefallen. »Leb wohl!«

Er verschwindet im Flur. Ich höre ihn die Treppe hinuntergehen. Seine Schritte entfernen sich. Und dann fällt die Haustür ins Schloss.

Kapitel 38

Still. So still.

Ich versuche mich umzudrehen, aber ich habe mich in meinem eigenen Körper verirrt und weiß nicht mehr, wo meine Arme und Beine sind.

Ein Weilchen treibe ich auf der Stille dahin. Ich denke an meine Eltern. Ich habe ihnen in letzter Zeit so viele Vorwürfe gemacht. Sie werden denken, dass der Selbstmord ihre Schuld ist.

Tut mir leid, Mama und Papa. Aber das werden sie nie hören.

Meine Augen füllen sich mit Tränen. Leilas Zimmer wird unscharf. Doch dann sehe ich plötzlich etwas Schwarzes durch den Tränenschleier schimmern. Unter einem Schrank. Höchstens einen Meter von mir. Ich versuche, meinen Blick zu fokussieren.

Es dauert ein paar Sekunden, bis mein Hirn begreift, was ich sehe. Mein Handy! Wahrscheinlich ist es mir aus der Hand gefallen, als Michael mich packte.

Hoffnung. So nah.

Und gleichzeitig so unendlich fern.

Langsam und mit großer Mühe versuche ich, die Muskeln in meinem Arm zu finden. Nichts. Am liebsten würde ich die Augen schließen und schlafen.

Wenn du das tust, bist du in ein paar Minuten tot.

Beweg dich. BEWEG DICH DOCH!

Ich fühle etwas in meinem Inneren beben. Und dann schiebt sich mein Arm ein Stückchen über den Boden. Ich kralle meine Finger in den Teppich und ziehe mich ein paar Zentimeter voran.

Keuchend bleibe ich liegen. Aus den Augenwinkeln sehe ich die Dunkelheit aufziehen. Sie gleitet langsam auf mich zu.

Ich schaffe es nicht.

Nicht aufgeben, dumme Kuh, versuch's noch einmal!

Schnaufend ziehe ich mich über den Teppich. Noch fünfzig, vierzig, dreißig Zentimeter. Ich kann es fast fühlen, kalt und dunkel.

Jetzt!

In einem blinden Reflex strecke ich den Arm aus. Meine Finger berühren das glatte Metall des Handys. Mit einer letzten Kraftanstrengung drückt mein Finger auf das Display.

Ich höre einen Wählton. Es ist ein Geräusch in der Ferne aus einer anderen Welt.

»Notruf, Feuerwehr und Rettungsdienst«, sagt eine Männerstimme. »Wen brauchen Sie? Polizei, Feuerwehr oder Rettungsdienst?«

»H ...«, flüstere ich oder vielleicht denke ich das auch nur.

»Ich kann Sie nicht verstehen«, sagt die Stimme. »Wen brauchen Sie denn? Polizei, Feuerwehr oder Rettungsdienst?«

Ich will ihm sagen, dass mich jemand gefesselt hat. Dass ich eine Überdosis Schlafmittel intus habe. Dass ich solche Angst habe, sterben zu müssen. Aber die Worte sind in meinem Kopf eingesperrt.

»Wo befinden Sie sich denn?«, fährt die Stimme fort.

»Linnaeushof 98«, rufe ich, aber mein Mund bewegt sich nicht und der Mann scheint mich nicht zu hören.

»Wenn Sie die Adresse nicht kennen, können Sie den Ort auch umschreiben.«

»Es ist ein Eckhaus gegenüber einer Grünanlage. Es sieht vielleicht so aus, als sei niemand zu Hause, aber ich liege in einem der Zimmer«, versuche ich vergeblich zu sagen.

»Sind Sie in Lebensgefahr?«

»Hilfe, bitte helfen Sie mir!«, flehe ich, aber auch das scheint er nicht zu hören.

»Bleiben Sie dran«, sagt die Stimme nur.

Und dann nichts mehr.

Ich höre, dass meine Atmung schwächer wird und manchmal ein paar Sekunden aussetzt. Ich versinke in mir selbst. Tiefer, tiefer, tiefer.

Noch eine Minute. Nur eine einzige. Bitte ...

Die Zeit zerfällt in Stücke, ist stundenlang verschwunden und holt mich dann wieder ein. Jemand ruft meinen Namen, hoch und sanft, eine Mädchenstimme.

Unmöglich, denke ich, das muss eine Halluzination sein.

Das Licht scheint immer mehr auszugehen. Es wird kälter. Dunkler.

Das war's dann, denke ich.

Ein Schatten löst sich aus der Dunkelheit und tritt vor mich.

Leila? Alles scheint jetzt möglich.

Es tut mir leid, sage ich in Gedanken.

Sie nickt und nimmt meine Hand.

Im selben Moment höre ich Sirenen näher kommen.

Ein Jahr später

Ich betrachte das Sonnenlicht, das auf meinen Schreibtisch fällt, quer über einen Stapel Papiere und Bücher. Aus dem Stapel ragt eine rote Ecke. Sie scheint in der Sonne zu leuchten.

Leilas Tagebuch.

Ich habe es schon ein paar Monate nicht mehr in die Hand genommen. Eines Tages hatte es plötzlich in der Post gelegen. In einem weißen Umschlag ohne Brief. Ich vermute, dass Leilas Mutter es mir geschickt hat, aber ich traue mich nicht, sie zu fragen, aus Angst, ihr wehzutun.

Anfangs las ich jeden Tag in dem Tagebuch, als könne ich nicht glauben, was darinsteht. Michael hatte recht: Der Teil mit den Briefen war herzzerreißend. Zu guter Letzt wusste ich nicht mehr, wer ich bin. War ich das Mädchen, von dem Leila schrieb? Oder das Mädchen, das ich im Spiegel sah?

»Ich bin Tess van der Pluim.« Ab und zu musste ich die Worte laut aussprechen, um sie glauben zu können.

Ich habe wahnsinniges Glück gehabt. Der Mann von der Notrufzentrale hat mein Handy orten lassen, weil ihm die Sache suspekt war. Als mich der Rettungsdienst fand, hatte ich schon so gut wie keinen Puls mehr. Ich wurde mit heulenden Sirenen ins Krankenhaus gebracht. Sie haben mir den Magen ausgepumpt und mich ein paar Tage im künstlichen Koma gehalten. Es war wirklich kurz vor knapp. Der Arzt sagte, ich müsse einen Schutzengel haben. Ich hoffe, er hat recht.

Die Polizei hat wochenlang nach Michael gefahndet, aber er ist wie vom Erdboden verschluckt. Sie haben nur die ausgerissene Liste mit den Namen in seiner Schreibtischschublade gefunden. Er kriegt für alles die Schuld. Für die Morde an Kate und Yara, für die Drohbriefe, für den Mordversuch an mir. Wenn sie ihn je erwischen, landet er für den Rest seines Lebens hinter Gittern. Noa, Danique und ich haben eine Zeitlang Polizeischutz bekommen, aber nach ein paar Monaten glaubte niemand mehr daran, dass Michael je wieder auftauchen würde. Auch ich nicht.

Die Polizei versteht jedoch nicht, dass wir alle schuldig sind. Könnte ich nur die Zeit zurückdrehen, dann wäre ich zu unserer Verabredung gegangen. Dann hätte ich Leila erzählt, dass sie ein ganz besonderer Mensch sei. Dann hätten wir miteinander gelacht und vielleicht geweint.

Vor Kurzem habe ich mich mit Luuk getroffen. Es war schön mit ihm zu sprechen, aber das war's dann auch schon. Ich finde es schrecklich, dass ich einen Moment lang gedacht habe, er hätte Kate ermordet. Der arme Junge ist fix und fertig. Er wirft sich noch immer vor, dass er an dem Samstag nicht zu Kate gegangen ist, sondern stattdessen Hausaufgaben gemacht hat.

Hätte ich bloß, wäre ich bloß ... alles nutzlose Worte. Denn es gibt keine zweite Chance. Letzten Endes müssen wir mit den Entscheidungen, die wir treffen, leben.

Ich lege das rote Heft in die Schreibtischschublade. Es war Leilas Entscheidung. Vielleicht werden manche sie missbilligen und sich fragen, warum sie niemanden um Hilfe gebeten hat, aber das sind wahrscheinlich auch diejenigen, die sie in der Schule und auf dem Hockeyfeld links liegen gelassen haben.

Ich habe mich entschieden weiterzuleben. Für Kate, für Yara, aber vor allem für Leila. Sie hat mir gezeigt, wer ich sein möchte. Und dafür bin ich ihr dankbar.

Mein Handy piept. Eine SMS!

Hey, hallo, wo bleibst du denn? In 5 Min fängt das Training an. Ich warte hier schon seit Stunden.

Ich gucke auf die Uhr und lächle. Stunden? Höchstens ein paar Minuten. Sie übertreibt immer so maßlos. Ich nehme die Tasche mit den Hockeysachen und gehe die Treppe hinunter.

Ich sehe ihre roten Locken vor dem Fenster in der Haustür ungeduldig auf und ab wippen. Das letzte Jahr hat uns zusammengeschweißt. Wir teilen dieselbe Trauer. Aber auch dieselbe Hoffnung.

An der Tür umarme ich Britt. Ganz fest.

ch fühle, wie der Wind an mir zerrt und schaue nach unten, aufs Wasser. Mir ist, als spiegelte sich ihr Gesicht in jedem Kräuseln.

Leila ...

Ich beuge mich vor und lasse mich fallen.

Frei.

Endlich.

Leila

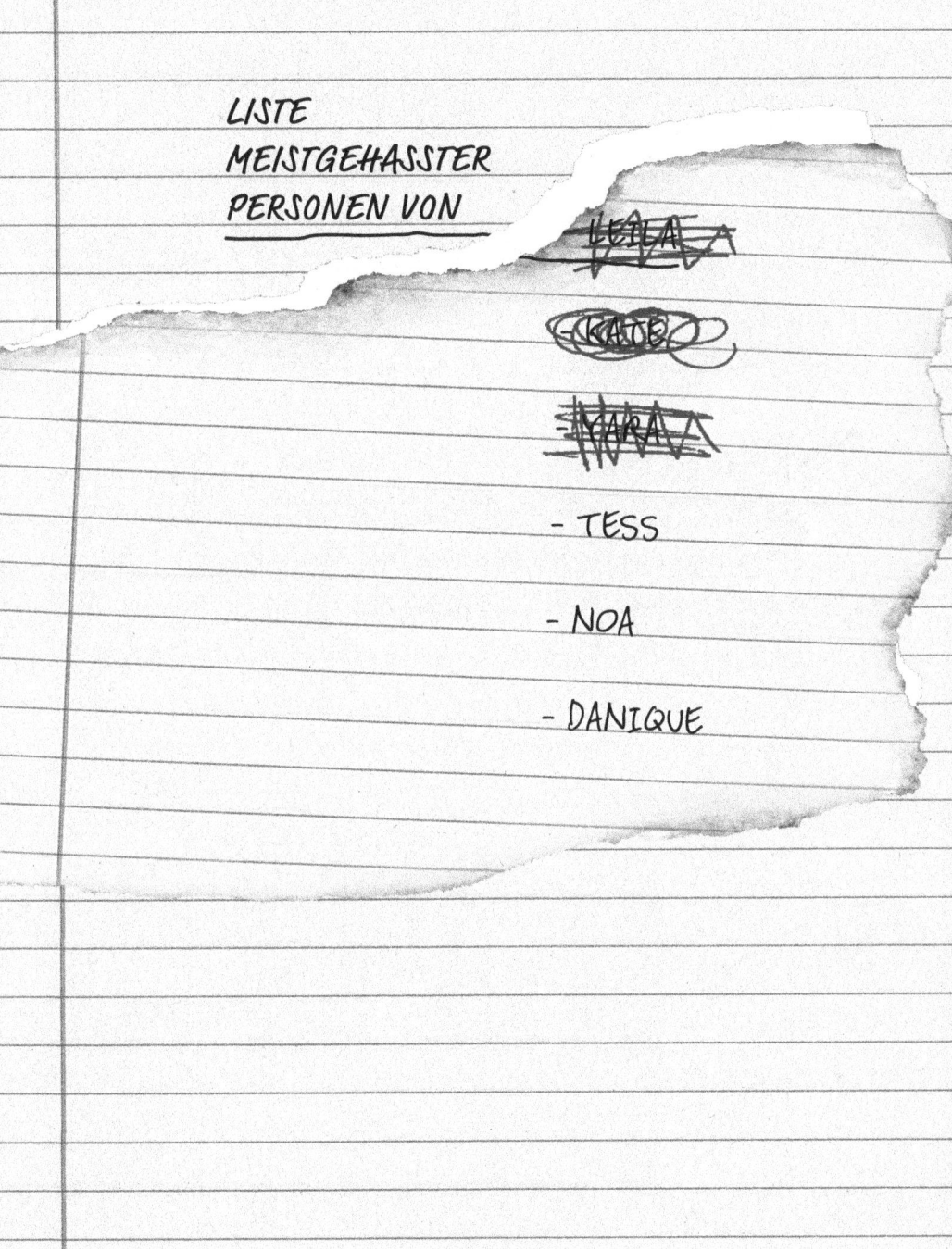

LISTE
MEISTGEHASSTER
PERSONEN VON

- ~~LEILA~~
- ~~KATJE~~
- ~~YARA~~
- TESS
- NOA
- DANIQUE

Liebe Kate,

Ich werde dir diesen Brief nicht wirklich schicken. Da würde ich mich nur auf ewig lächerlich machen. Aber wir hatten neulich eine Tutorenstunde (ja, du also auch) darüber, wie man Probleme lösen kann. Jeder hatte irgendwas: Streit mit den Eltern, ein gestohlenes Fahrrad, schlechte Noten. Ich habe mich nicht getraut, über meine Probleme zu sprechen aus Angst, ausgelacht zu werden.

Unser Tutor sagte, die meisten Probleme würden sich von alleine lösen und es würde helfen, in aller Ruhe über sie nachzudenken. Er gab uns den Tipp, sie uns von der Seele zu schreiben. Ob das wirklich so einfach ist? Ich kann es zumindest mal probieren ... nur befürchte ich, dass ich unendlich viele Briefe brauche, um meine Probleme zu lösen.

Zurück zu dir, Kate. Soll ich dir mal was Lustiges erzählen? Ich habe dich eigentlich immer gemocht. Du bist eine der wenigen in unserer Klasse, die mich immer gegrüßt haben, wodurch ich das Gefühl hatte, doch ein bisschen dazuzugehören.

Aber warum schreibe ich dir dann eigentlich diesen Brief?

Dazu müssen wir ein paar Monate zurückgehen, zum Schulfußball-turnier im September. Alle Oberstufenklassen machten mit. Du warst einer der Kapitäne und durftest eine Mannschaft zusammenstellen. Weißt du das noch?

Ich kann mich noch an alles erinnern. Du hast deine Freundinnen gewählt und die üblichen beliebten Klassenkameraden. Dass ich als Letzte übrigblieb und letzten Endes Reservespielerin wurde, war ich schon gewöhnt. Ich wurde im Sportunterricht nie gewählt.

Doch du bist noch einen Schritt weitergegangen. Du hast mich den ganzen Nachmittag – den ganzen Nachmittag!!! – mutterseelenalleine auf der Bank sitzen lassen. Und die Lehrer waren zu beschäftigt, um es zu merken. Ich weiß, dass ich nicht Fußball spielen kann, und dass ich immer mit allen zusammenstoße. Aber dass man gleich so tun muss, als gäbe es mich gar nicht ...

Vielleicht war ich für dich schon tot.

Tot auf einer Bank.

Ich sah zu, wie ihr auf dem Feld Spaß hattet, wie ihr euch bei jedem Tor umarmt habt, wie ihr als Mannschaft immer mehr zusammengerückt seid. Und wie ihr nicht eine Sekunde an mich gedacht habt ...

Und weißt du, was ich am allerschlimmsten fand? Dass du nach dem Turnier auf mich zugelaufen kamst und mich angelächelt hast. Mit einem Blick, der besagte: Es ist nichts Persönliches. Nun ja, für mich war es das schon. Ich fühlte Tränen aufsteigen und senkte den Blick, damit du es nicht siehst.

An diesem Nachmittag auf der Bank habe ich zum ersten Mal an Selbstmord gedacht. Das Wort gab mir Hoffnung. Wie etwas, das nur mir gehört, das ihr mir nicht nehmen konntet.

Nach dem Schulfußballturnier änderte sich etwas zwischen uns. Es ist anderen wahrscheinlich gar nicht aufgefallen, aber mir wohl. Kannst du es erraten?

Du hast mich nicht mehr gegrüßt, genau wie der Rest der Klasse ...

Leila

PS: Und Kate, sollten wir uns nicht mehr sehen: Dabei sein ist tatsächlich alles.

Hi Yara,

Warum nur?

Das frage ich mich jedes Mal, wenn ich an dich denke. Ich habe dir doch gar nichts getan. Wir kennen einander kaum (du bist in einer anderen Klasse). Und doch hast du meinen Namen auf diese Liste gesetzt.

Du weißt nicht, von welcher Liste ich rede? Warte, lass mich deinem Gedächtnis ein wenig auf die Sprünge helfen. Sagt dir die Liste Ranking the Nerds was? Die Liste, die du auf Instagram gepostet hast?

Alle fanden sie zum Totlachen, nur ich nicht.

Wahrscheinlich hast du gedacht, dass ich die Liste nie zu Gesicht bekäme. Wahrscheinlich hast du einfach ein paar Namen gebraucht und da bin ich dir rein zufällig eingefallen. Wahrscheinlich bist du davon ausgegangen, dass ich keinen Instagram-Account habe.

Aber ich habe sehr wohl einen Instagram-Account (mit 12 Followern). Und leider hatte mich irgend so ein Arschloch in seinem Kommentar getaggt.

Ich habe alle Kommentare gelesen.

Was für eine Dumpfbacke!

Die hätte nie geboren werden sollen!

Omg, was für megageile Klamotten!

Stimmt für @LeilaAngel, die ist echt die Schlimmste!

Und so weiter und so weiter.

Schließlich habe ich mit 72 Punkten »gewonnen«.

Ich fühlte mich wie ein Monster. Ich fühlte mich ausgekotzt und ausgeschissen. Dank deiner Liste konnte ich jetzt sicher sein, dass mich alle so richtig scheiße finden.

Als ich am nächsten Tag in die Schule kam, hatte ich das Gefühl, dass alle mich anstarrten. Und ich bin so gut wie sicher, gehört zu haben, wie jemand »Nerd« sagte.

Wenn es auch nur eine Person gegeben hätte, die mich verteidigt hätte. Die gesagt hätte: Die Leila, die ihr hier seht, ist nicht die echte Leila. Die echte Leila ist lustig, klug und sensibel. Mit der Leila könnt ihr euch totlachen und Stunden quatschen. Aber ihr habt nur das langweilige Äußere gesehen. Und das habt ihr mir so richtig unter die Nase gerieben.

An dem Abend konnte ich nicht schlafen und habe wieder an Selbstmord gedacht. Ich habe versucht mir vorzustellen, wie es wäre, tot zu sein. Wirklich tot. Nie mehr in die Schule zu müssen. Nie mehr in den Pausen alleine dazustehen. Nie mehr weinen zu müssen.

Ich empfand es als Erleichterung. Weiterleben erschien mir viel schwerer. Was würdest du wohl tun, Yara, wenn du ich wärst?

Liebe Grüße,
Leila

Hallo Tess (oder soll ich dich Butterfly nennen?),

es ist bescheuert, jemandem einen Brief zu schreiben, den man noch nie gesehen hat. Und doch kennen wir einander gut. Sehr gut sogar.

Wir haben uns auf einer Chatseite als Butterfly und Angel kennengelernt. Wir konnten uns stundenlang unterhalten. Das fühlte sich so gut an. So echt. Du hast mir erzählt, wie traurig du nach dem Umzug gewesen bist. Und ich habe mich endlich getraut, jemandem zu erzählen, wie einsam ich schon seit Jahren in der Schule bin. Durch dich habe ich wieder Hoffnung geschöpft. Vielleicht war mein Leben doch etwas wert. Vielleicht war ich etwas wert.

An jenem Nachmittag im Café Katoen hast du diese Hoffnung gnadenlos im Keim erstickt.

Als ich ankam, warst du noch nicht da. Ich habe einen Tisch am Fenster genommen, damit ich dich direkt sehen würde, wenn du zur Tür reinkommst. Wir hatten vereinbart, dass wir beide etwas Rotes anziehen würden. Ich hatte mir eine neue – viel zu teure – rote Jacke bei Mango gekauft. Ganz schön blöd, oder? Aber ich wollte dir so gern gefallen.

Ich habe eine Cola light bestellt und gewartet.

Eine Viertelstunde, eine halbe, eine ganze.

Ich habe dir Nachrichten geschickt, um zu fragen, wo du bleibst, aber du warst offline. Zwei Stunden später begriff ich, dass du nicht mehr vorhattest zu kommen. Ich bin aufgestanden und nach draußen gegangen. Vorbei an Tischen mit lachenden und quatschenden Leuten. Tränen strömten mir übers Gesicht. Alle haben mich angesehen, aber niemand hat mich gefragt, was los ist. Die Leute haben einfach weggeguckt, als ob es das weinende Mädchen gar nicht gäbe.

Ich habe mich noch nie so einsam gefühlt.

Du wirst sicher deine Gründe gehabt haben. Vielleicht bist du krank geworden. Vielleicht haben deine Eltern dich nicht gehen lassen. Aber wenn du an dem Tag auch nur ein Mal an mich gedacht hättest, statt nur an dich selbst, wäre alles anders gekommen.

Ich dachte wirklich, dass du meine Freundin bist. War das naiv? Dumm? Beides?

Als ich vom Café Katoen nach Hause radelte, habe ich noch geatmet. Ich habe mein Herz schlagen gehört und die kalte Abendluft in meinem Gesicht gespürt. Aber das war auch schon alles. Davon abgesehen war ich schon tot.

Michael hat schon auf mich gewartet, als ich nach Hause kam. Ich habe den Schmerz in seinem Blick gesehen, als ich wortlos an ihm vorbei in mein Zimmer gelaufen bin, aber ich konnte ihm nicht helfen. Ich konnte mir selbst nicht mehr helfen.

Ich habe in meinen Kalender geguckt und ein Datum ausgesucht. Ich wollte es an einem Nachmittag tun, an dem Michael mich finden würde. Er würde es verstehen, da war ich mir sicher. Und er würde es auch meinen Eltern erklären.

Sie würden zu dritt weiterleben. Das müsste ihnen genügen.

Ich bin nach diesem einen Nachmittag nicht mehr auf der Chatseite gewesen. Du wohl, Tess? Ich frage mich, ob es dir leidtut. Ob du noch manchmal an mich denkst.

Sicher nicht.

Und doch vermisse ich dich.

Leila (Angel oder Louise für dich ...)

Hi Noa und Danique,

keine Angst, ich habe euch nicht vergessen. Wenn zwei Mädchen einen Brief verdienen, dann ihr.

Seit April bin ich in eurer Hockeymannschaft Mädchen A6. Oder, wie ihr euch selbst nennt, Mädchen Awesome 6. Denn, ach, was habt ihr nicht für einen Spaß zusammen!

Ich will kurz eine Sache klarstellen: Das mit dem Hockey war nicht meine Idee. Meine Eltern haben mich angemeldet. Wahrscheinlich in der Hoffnung, dass ich ein paar neue Freundinnen finden würde. Ich finde es schrecklich, dass ich sie wieder enttäuscht habe. Manchmal verstehe ich echt nicht, warum sie mich noch lieben.

Aber zurück zum ersten Hockeytraining. Das wurde eine Katastrophe dank euch, Noa und Danique. Ich erinnere mich noch bestens an den Blick in euren Augen, als ich aufs Feld 12 gelaufen kam. Ihr habt mich an-gesehen, als ob ich von einem anderen Planeten komme. Hatte ich nicht die richtigen Klamotten an? Lag mein Haar nicht gut? Ich weiß es bis heute nicht. Aber innerhalb dieser einen Sekunde hattet ihr schon entschieden, dass ich nicht dazugehörte.

Und das habt ihr mich spüren lassen.

Bei jedem Training habt ihr mich ignoriert, links liegen lassen oder lächerlich gemacht, zur großen Freude der restlichen Mannschaft. Leila kriegt einen Ball nicht? Zu komisch! Leila stolpert beim Aufwärmen? Zum Totlachen! Leila wird als Einzige nicht zum Hockeyfest eingeladen? Zu Recht.

Ich hätte etwas sagen können. Ich hätte mich beim Trainer über euer nerviges und kindisches Verhalten beschweren können. Doch ich habe den

Mund gehalten. Ich hatte das Gefühl, dass sich doch nichts ändern würde. Dass ich schon so lange gemobbt werde, dass es vielleicht doch meine eigene Schuld ist.

In den letzten Wochen bin ich nicht mehr zum Training gegangen. Ich konnte mich einfach nicht mehr aufraffen. Wisst ihr, was am meisten wehgetan hat? Dass mich niemand aus der Mannschaft angerufen hat, um zu fragen, warum ich nicht mehr komme.

Ihr seid sicher erleichtert zu hören, dass ich für immer weg bin.

In den letzten Tagen habe ich viel über meine Beerdigung nachgedacht. Ich hoffe, dass meine Eltern mich an einem schönen Ort begraben lassen, im Schatten einer Kastanie. Und dass sich ab und zu jemand zu mir setzt, ein paar Minuten wären schon großartig. Ich verspreche, dass ich für alle Geschichten ein offenes Ohr haben werde.

Und glaubt nicht alles, was sie nachher in der Schule über mich erzählen. Sie werden alle so tun, als ob sie schrecklich fänden, was mit mir passiert ist, obwohl sie in echt noch nie mit mir gesprochen haben. So ist das eben, wenn jemand stirbt.

Vielleicht werde ich ja doch noch das beliebteste Mädchen der Schule ... Wer hätte das gedacht?

Mel Wallis de Vries, geb. 1973 in Leiden, studierte Biologie und Journalismus in Groningen. Sie arbeitete einige Jahre als freie Journalistin für *De Telegraaf*, ehe sie sich nach der Geburt ihrer ältesten Tochter ganz den Büchern widmete. Seither schreibt sie sehr erfolgreich Krimis für Jugendliche und gilt als die niederländische »Queen of Crime«. Ihre Bücher wurden bereits mehrfach mit Preisen ausgezeichnet.

Vier Freundinnen – eingeschneit und abgeschnitten

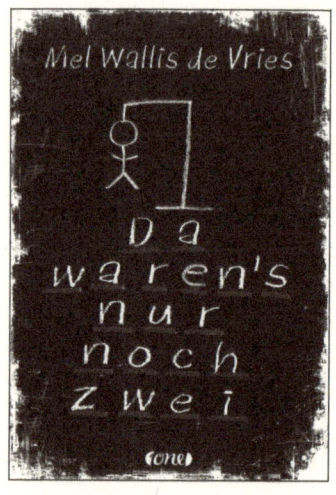

Mel Wallis de Vries
DA WAREN'S NUR
NOCH ZWEI
Thriller
Aus dem
Niederländischen von
Verena Kiefer
288 Seiten
ISBN 978-3-8466-0016-0

Kurz vor Weihnachten: Die vier Freundinnen Kim, Feline, Abby und Pippa möchten zusammen ein paar Tage Urlaub machen. Doch kaum sind sie in dem einsam gelegenen Ferienhaus angekommen, fängt es an zu schneien – und hört nicht mehr auf. Die vier sitzen fest, das nächste Ferienhaus ist kilometerweit entfernt und das Mobilfunknetz funktioniert nicht mehr. Auf engstem Raum werden die Spannungen zwischen den Mädchen immer deutlicher, denn jede von ihnen hat etwas zu verbergen. Als sie Spuren im Schnee entdecken, kommt die Angst auf, dass jemand sie beobachten könnte. Dann verschwindet die erste von ihnen ...

one by Lübbe

Gefangen auf einer Insel

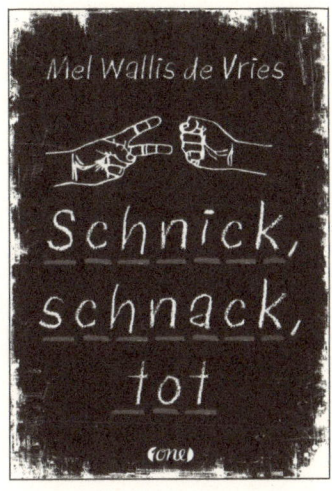

Mel Wallis de Vries
SCHNICK, SCHNACK,
TOT
Aus dem
Niederländischen von
Verena Kiefer
288 Seiten
ISBN 978-3-8466-0029-0

Endlich Klassenfahrt! Alle freuen sich auf das verlänger-
te Wochenende auf der Insel Vlieland. Doch dann wird
eine Schülerin in den Dünen aufgefunden. Ermordet.
Jeder ist verdächtig. Jeder hätte ein Motiv. Die Polizei beginnt zu
ermitteln, während alle immer mehr in einem Sumpf aus Lügen
versinken.

Als ein Sturm aufzieht, ist die Insel auf einmal von der Außenwelt
abgeschottet. Doch noch immer lauert der Mörder unter ihnen
und wartet auf seine nächste Chance …

one by Lübbe

Schrei, wenn du kannst!

Mel Wallis de Vries
MÄDCHEN VERSENKEN
Aus dem
Niederländischen
von Verena Kiefer
288 Seiten
ISBN 978-3-8466-0061-0

Als Lara die Augen öffnet, ist alles um sie herum schwarz. Träumt sie? Ist sie tot? Was für Stimmen dringen aus der Dunkelheit zu ihr? Langsam wird ihr klar: Jemand hat es auf sie und ihre beste Freundin Maud abgesehen. Aber wie soll sie Maud warnen, wenn niemand sie hört?

Maud macht sich schreckliche Vorwürfe. Warum hat sie Lara an dem Unglücksabend nicht nach Hause begleitet? Die Ärzte halten ihre beste Freundin für hirntot. Doch Maud kann Lara nicht einfach aufgeben – sie glaubt nicht an einen Unfall und will herausfinden, was in jener Nacht wirklich geschah.

Dabei schwebt sie schon längst selbst in Gefahr …

one by Lübbe

Der Bestseller als Jugendbuch

Dan Brown
DER DA VINCI CODE
Aus dem amerikanischen
Englisch von
Piet van Poll
496 Seiten
mit Abbildungen
ISBN 978-3-8466-0047-4

Robert Langdon ist Symbolforscher. Als er beruflich nach Paris reist, wird er dort in einen seltsamen Fall verstrickt. Mitten in der Nacht erhält er einen Anruf, dass der Museumsdirektor des Louvre, mit dem er für diesen Abend verabredet war, ermordet wurde. Zwar bittet die Polizei Langdon um Unterstützung, da sich am Tatort seltsame Symbole befinden, allerdings ist er selbst schon mitten ins Fadenkreuz der Ermittler geraten. Zusammen mit der Verschlüsselungsexpertin Sophie Neveu entkommt er der Polizei und folgt den versteckten Hinweisen, die auf eine noch viel größere Verschwörung deuten. Schon längst ist ihm nicht mehr nur die Polizei auf den Fersen ...

one by Lübbe